Renier-Fréduman Mundil

Uhlenspiegel bei den Schildbürgern

Uhle 2 (Band 2)

AF282434

Renier-Fréduman Mundil

Uhlenspiegel bei den Schildbürgern

Uhle 2

Impressum
Bibliografische Information der Deutschen Nationalbibliothek:
Die Deutsche Nationalbibliothek verzeichnet diese
Publikation in der Deutschen Nationalbibliografie;
detaillierte bibliografische Daten sind im Internet über
http://dnb.dnb.de abrufbar.

© 2024 Renier-Fréduman Mundil
          Viola Hartmann
Covergestaltung Dan Winkler

Verlag: BoD · Books on Demand GmbH, In de Tarpen 42,
22848 Norderstedt, bod@bod.de
Druck: Libri Plureos GmbH, Friedensallee 273,
22763 Hamburg

ISBN: 978-3-7693-2230-9

Dem Neuankömmling gewidmet

Einleitung

Über Sinn und Unsinn oder unter dem Sinn der Sinnlosigkeit oder über den Sinn vom Unsinn.

Eine Narrheit ist nicht gut, zwei Narrheiten nicht zwangsläufig besser, es sei denn, sie versuchen, sich gegenseitig negativ zu über-(trump)fen bzw. anders zu Papier gebracht, sie versuchen, einander zu kompensieren, gewissermaßen ein kopfstehendes Komplettkompensationsgeschäft dergestalt, dass beide dekompensieren in dem Sinne, nicht noch arger zu werden, sondern einträchtig gemeinsam zu verschwinden.

Ob das Sinn ergibt, sei dahingestellt. Aber das mit dem Sinn ist so eine Sache. Selbst im Unsinn steckt zumindest (sprachlich) ein Sinn, gewissermaßen der Sinn, keinen Sinn zu ergeben, eben kein UndSinn, sondern ein Unsinn.

Weshalb die Sprache nie das Wort Undsinn erfunden hat? Kaum zu erklären! Denn gemeiner, Pardon, kaum allgemeiner Weise stecken in einer Sache manchmal zwei Sinne. Wir sind schon zufrieden, in einer Sache einen Sinn zu finden, höchstens unter Benutzung aller Sinne kann es möglich sein, einer Sache mehrere Sinne zu entlocken, den ertasteten Spürsinn, den zu vernehmenden Hörsinn, einen nicht zu fassenden Gefühlssinn usw.

Doch all dies erscheint sinnlos (oder sinnLos, vielleicht Sinn(los)).

SinnLos, der Sinn ist vielleicht ein Los, manchmal in einer Sache zu finden, oft nicht, eben wie bei einem Los.

Sinn-los. Das ergibt schon mehr Sinn. Jemand hat den Sinn einer Sache los gemacht, wie man ein vertäutes Boot losmacht, und beides, Sinn und Boot, sind bald danach verschwunden. Ein bootfahrender Sinn, falls dies einen Sinn ergibt. Zwar noch vorhanden aber weg, eben nicht mehr da, Pardon nicht mehr hier aber (irgendwo) doch da.

Wenn also etwas Sinn los, Pardon, sinnlos, also ohne Sinn ist, wie kann es einen doppelten Sinn ergeben? Ein Nichts kann schwerlich verdoppelt werden, etwas, das sinnlos ist, vermag schwerlich doppelt sinnlos, sinnloser, zu sein. Sinn-loser kann doch nur bedeuten, der Sinn ist nicht mehr so fest, wird bald verschwunden, ganz los sein und Eile ist geboten, ihn zu er(be)greifen, bevor er noch loser, ganz los, also ganz weg ist.

Sinnlos, also etwas ohne Sinn und im doppelten Sinn (Pardon im doppelten Sinne wegen der Mehrzahl). Ergibt das (zumindest einen(1)) Sinn? Aus nichts eins zu machen, wäre ein Zauberkunststück, aus einem doppelten Sinn eins zu machen ein unschätzbarer Verlust.

Ein VerlustSinn, Pardon, Verlustsinn.

Diese Abschweifung war wenig sinnvoll, vielleicht sogar Sinn leer.

Sinnlos, doppelter Sinn? Das ergibt überhaupt keinen Sinn. Warum sollte man sich sinnvollerweise etwas zweimal angucken, was gar nicht vorhanden ist.

Ein leerer Teller wird auch nicht davon voller, gucken wir ihn uns zweimal an. Und es ist absolut sinnlos bzw. sinnwidrig oder gar unsinnig, etwas, was nicht vorhanden ist, zweimal zu betrachten. Irgendwann werden wir (bzw. unsere Sinne) denken, einer Sinntäuschung zu unterliegen, wir (über den manchmal sinnlosen Weg der Sinne) haben uns gewissermaßen selbst hereingelegt.

Sinngemäß steckt übertragener Weise etwas von diesen Gedanken in den folgenden Geschichten.

Zwei Hauptprotagonisten – der Einzelkämpfer Uhlenspiegel, aber mit der Armee seiner schalkhaften Gedanken – trifft auf die Armeen der zahlreichen Schildbürger (eher weniger oder sagen wir neutraler, eher waffenmäßig mit anderen Gedanken bewaffnet). (*PS.1).

Ist eine solche Begegnung sinnvoll? Ist sie vielleicht sinnlos?

Oder ergibt es vielleicht zumindest einen doppelten Sinn, einen Undsinn, wenn nicht gar Mehrfachsinn?

Das alles bleibt offen, wie auch wir mit offenem Sinn durchs Leben gehen sollten, um zu erkennen, was einen Sinn ergibt oder gar auf abenteuerliche Weise einen versteckten Sinn zu entdecken - herauszufinden, wo ein (der) Sinn steckt oder ob er schlichtweg fehlt, quasi ein Nichtsinn und in diesem Sinne als Nichtsinn noch weniger als ein Unsinn, der ja irgendwo existiert, sonst wäre es kein Unsinn.

Zusammenfassend oder sinngemäß:

Jeder muss selbst herausfinden, ob es Sinn macht oder einen Sinn ergibt, diese Geschichten zu lesen bzw. einen Uhlenspiegel mit einem Dorf Schildbürger zusammenzubringen. Das würde dann wiederum einen Sinn ergeben, also einen Sinn machen. Auf diese Weise würde jeder Leser einen Sinn in diese Geschichten hineinmachen

(Pardon, hineininterpretieren), wo bisher kein Sinn war und es hätte für alle doch Sinn gemacht, diese Geschichten zu schreiben, zu schreiben bzw. zu lesen.

Da sollen Sie jedoch unbelastet (also schon belastet mit Sinn aber ausgestattet mit unbelastetem Sinn) an Sinn und Unsinn dieser Geschichten herangehen.

In diesem Sinne: Viele Sinnvergnügen.

PS.0. Zwischen die Geschichten haben sich kurze Aphorismen gemogelt, besser gesagt, Rede-wendungen oder zumindest ein Teil davon und was wohl Uhlenspiegel oder die Schildbürger dazu gesagt hätten.

*PS.1:   Aktuelle Anmerkung

Erklärt sich dadurch vielleicht das sich heute wieder abzeichnende Phänomen der Diktaturen. Ein Einzelner (aber mit fast absolut unverrückbarem Sinn) steht einer gewaltigen, in ihren Sinnen eher abgestumpften Masse gegenüber. Eine Konstellation, die nicht nur keinen Sinn, sondern einen unglaublich gefährlichen Sinn ergibt (Pardon, beinhaltet). Mehr als Blödsinn, viel mehr, der stärkste Schwachsinn, den es je geben kann.

PS.2 Leseempfehlung

Es macht vielleicht Sinn, nur eine Geschichte im Monat zu lesen bzw. es macht vielleicht keinen Sinn, mehr als eine Geschichte im Monat zu lesen. Deshalb enthält dieses Buch zwölf Geschichten. Wem der Sinn danach steht, kann selbstverständlich auch mehr, im Höchstfall alle zwölf Geschichten an einem Tag anstatt nur eine Geschichte im Monat lesen.

Sie werden endlich zu den Geschichten wollen. Bitte schön! Viel Vergnügen! Deshalb wird das Folgende als Ausleitung bzw. Nachleitung oder Nachsinn (nicht mit dem Nachsinnen zu verwechseln), je nachdem, wie Sie es bezeichnen wollen, an das Ende des Buches gestellt.

1.
Goldfährlicher Traum

Das Schicksal wollte es, dem Uhlenspiegel eine schwere Krankheit aufzubürden. Als er nach etlichen Wochen endlich genesen war, stellte er fest, dass nicht nur die Krankheit, sondern gleichsam sein ganzes Geld, das er sich mühsam erschwindelt hatte, weg war. Nun hatte die Krankheit mit dem Magen zu tun gehabt und da, so viel verstand Uhlenspiegel von der Medizin, ein Magen keine Hände und Füße hat, konnte es unmöglich die Krankheit selbst gewesen sein, die das Geld hinweggetragen hatte. Es blieb als Ursache des Verschwindens nur der Quacksalber, der Uhlenspiegel behandelt und es sich fürstlich hatte entlohnen lassen.

Hab' ich die Magenkrankheit selbst durchgemacht, verstehe ich mich jetzt auch darauf, sie zu kurieren, dachte Uhlenspiegel.

Keine andere Profession – dabei dachte er an die Quacksalber - schien ihm geeigneter, wieder in den Besitz eines kleinen Vermögens zu kommen und obendrein dünkte es ihm egal, wie man eine Krankheit behandelte, sie dauerte mit Medizin genauso lange wie ohne, nur versetzten Krankheiten die Menschen in seltsame Zustände, in denen es sie gelüstete, mit martialischen Methoden behandelt und mit bitterer Medizin wie eine Gans vollgestopft zu werden.

Als erstes schrieb sich Uhlenspiegel ein paar ordentliche Reputationsscheine.

Er erfand allerlei seltsame Namen, von Kaisern, die in China, Arabien und sonst wo lebten und ihm in seltsamen Schriftzeichen attestierten, dass er sie wiederholt aus den Klauen einer todbringenden Krankheit gerissen habe. Auch bedauerten sie zutiefst, dass er beabsichtige, in seine Heimat zurückzukehren und somit außerstande sei, länger ihr kaiserlicher Leibarzt zu bleiben.

Gleichwohl boten sie ihm an, jederzeit zurückzukehren und seine alte Stellung einzunehmen, selbst wenn er alt, blind und taub sei, denn selbst in einem solchen Zustand könne es auf der ganzen Welt keinen besseren Medicus geben als eben ihn.

Derlei ausgestattet und von einer angemessenen Kleidung eingehüllt machte sich Uhlenspiegel auf den Weg nach Schilda. Das Schicksal meinte es gut mit ihm, vielleicht hatte das Schicksal auch ein schlechtes Gewissen, wegen der schweren Krankheit, die es ihm aufgebürdet hatte.

Gerade auf dem Marktplatz sah Uhlenspiegel einen Mann als Bettler sitzen, der ihm seltsam vorkam. Beide Beine und dazu die Arme waren mit weißen Tüchern verbunden, er hatte gerade die Finger ein wenig frei, einen Hut zum Sammeln von Münzen festzuhalten. Ab und zu blieb ein Bürger von Schilda stehen und warf ein wenig Geld in den Hut.

Uhlenspiegel baute sich vor dem armen Teufel auf und schrie, dass man es auf dem ganzen Marktplatz hören konnte, ob er denn wolle, dass er, ein weitgereister erfahrener Arzt, ihm helfe. Der Bettler nickte:

Natürlich, nichts wäre ihm lieber, als wieder auf den eigenen Beinen stehen und mit den eigenen Händen arbeiten zu können, anstatt tagein, tagaus als armseliges Geschöpf auf dem Marktplatz zu sitzen, von den Almosen der anderen abhängig.

Uhlenspiegel meinte jedoch, ihn zu durch-schauen, dass es nichts anderes war, als dass er es sich gemütlich eingerichtet hatte, auf einem angenehmen Plätzchen in der Sonne und im bequemen Sitz sein Geld zu verdienen, obendrein das Essen gebracht zu bekommen und morgens wie abends hin und her getragen zu werden wie ein Kaiser in einer Sänfte. Inzwischen hatte sich eine ordentliche Menge Schaulustiger eingefunden, gerade so, wie es Uhlenspiegel im Sinn hatte.

Er hob beschwörend die Hände über den Kranken, murmelte einige unverständliche Worte, griff in seine Tasche und hieß den anderen, diese Medizin einzunehmen. Gleichwohl würde er im nächsten Augenblick gesunden, wieder in der Lage sein, mit den eigenen Füßen zu laufen, wozu diese ja auch einem jeden Menschen mitgegeben worden seien.

Der Bettler schluckte die Medizin, alle starrten mit weit aufgerissenen glotzenden Augen auf ihn. Jeder hatte sein Zipperlein, wenn der arme Teufel tatsächlich aufsprang müsste es für den fremden Arzt ein Leichtes sein, sie von ihren weit bedeutsameren Gebrechen zu kurieren, auch wenn sie äußerlich weitaus geringer schienen.

Nichts geschah. Im Gegenteil. Dem Kranken schien es schlechter zu gehen als vorher.

Nun wurde Uhlenspiegel allmählich aufgebracht, meinte er doch, einen Schauspieler vor sich zu haben, der ihm das liebe Geschäft mit dem Geld kaputt machte. Er ging auf den Bettler zu, beugte sich nach vorn, sagte etwas von angemessener Bezahlung, griff nach dem geldgefüllten Hut und rannte davon.

Den Anderen hätte man sehen sollen!

Wie der Leibhaftige sprang er auf und stürzte, Arme und Beine noch immer mit weißen Tüchern umwunden, hinterher, sein Geld zurückzubekommen.

Als Uhlenspiegel dies sah, hielt er inne. Auch der Bettler blieb stehen, erst jetzt bemerkte er, was geschehen war. Uhlenspiegel aber nutzte die Gunst der Stunde, erklärte salbungsvoll, es sei für ihn ein Leichtes, einen Gelähmten auf die Beine zu bringen, wie jeder mit eigenen Augen gesehen und er wäre morgen bereit, jedem von seinen Klagen zu befreien.

Das Geld aus dem Bettlerhut aber steckte er in seine Tasche, die Bezahlung sei angemessen, nicht allein habe er den Kranken wieder geheilt, er habe auch noch nie jemanden gesehen, der so schnell gelaufen sei, was ihm vor der Krankheit sicherlich in diesem Ausmaß nicht möglich gewesen sei. Er habe den Kranken gewissermaßen überheilt.

Das Schicksal aber meinte es doppelt gut mit Uhlenspiegel. Denn zu der Zeit, als er sein erstes Wunder vollbracht hatte, lag der Quacksalber, der ihn damals kuriert und das Portemonnaie geleert hatte, mit einer schrecklichen Krankheit danieder. In Windeseile war die Nachricht von Uhlenspiegels Wirken zu ihm gelangt und er schickte zu ihm, um ebenso in die Vergünstigung der heilenden Fähigkeiten zu kommen.

Uhlenspiegel machte sich sogleich auf den Weg zu dem prächtigen Haus, in dem der Quacksalber auf dem Krankenbett lag. Welch erbärmlicher Zustand. Das Mitleid hätte Uhlenspiegel ergriffen, müsste er nicht ständig an sein eingebüßtes Vermögen denken.

Er erkundigte sich über die Art der Krankheit, wo und welche Schmerzen vorhanden seien und an welchen Stellen sie sich besonders heftig bemerkbar machten. Der Quacksalber deutete auf seinen ganzen wohlbeleibten Körper, dann zeigte er noch auf sein Kreuz, dort zwacke es im Augenblick am meisten, was jedoch vom langen Liegen herrühren könne, drei Tage läge er bereits, ans Bett gefesselt.

Uhlenspiegel beruhigte den Kranken, da er von einer ausgezeichnet wirkenden, wenn auch ein wenig umständlichen, Behandlung wusste. Er ließ einen Käfig anfertigen mit einer runden Öffnung, gerade groß genug, jedoch wegen der Gegebenheiten dennoch von beträchtlichem Ausmaß, damit das Gesäß des Quacksalbers hineinpasste. Dann ließ er einen Bienenstock bringen, setzte die lieben Viecher im Käfig aus, orderte an, das hintere Teil des Quacksalbers mit Zucker einzustreichen und dass er sich anschließend auf den mühsam angefertigten Käfig setzen solle, mit dem schmerzenden Teil auf die Öffnung, die Bienen würden das Übrige tun.

Es half, jedenfalls dem Uhlenspiegel, jeder Stich und jeder Schrei waren ihm Genugtuung für sein verlorenes Vermögen. Nur ging es dem Quacksalber nicht besser. Selbst als das ohnehin stattlich ausgebildete Hinterteil auf das Vierfache angeschwollen war, hatten die Schmerzen keineswegs nachgelassen.

Uhlenspiegel hieß, ihm vom Käfig aufzuheben und zurück ins Bett zu führen. Zwei Bürger von Schilda erboten sich als Helfer und brachten den armen Teufel zurück. Als Uhlenspiegel zufällig auf das entblößte, eingezuckerte Hinterteil des Kranken sah erblickte er eine Biene, die sich noch immer am Zucker genüsslich tat.

Nun überkam ihm aufrichtiges Mitleid, er holte aus und versetzte dem Insekt einen heftigen Fußtritt, dass es nur so krachte. Es war jedoch nicht der zerborstene Chitinpanzer gewesen, solcherlei Geräusch verursachend, vielmehr hatte Uhlenspiegel zufälligerweise die richtige Stelle getroffen und der verrenkte Wirbel war an seinen rechten Platz zurückgesprungen.

Das Gesicht des Quacksalbers hellte sich auf. Alle Schmerzen, und nicht nur allein die am Kreuz, waren vergessen. Überglücklich fiel er Uhlenspiegel um den Hals. Ein zweites medizinisches Wunder war in Schilda geschehen, es musste wahrlich ein großer, bedeutender Arzt sein, der sich nach langen (un)entbehrlichen Reisen und Diensten an den auserlesensten Höfen dieser Welt herabließ, die Gebrechlichen in ihrem beschaulichen Schilda zu heilen. Noch aber gab es für Uhlenspiegel eine Menge mehr zu tun, auch beim Quacksalber, der noch immer im Besitz von Uhlenspiegels Vermögen war.

Im ohnehin die ganze Zeit vor sich hinträumenden besinnlichen Schilda begab es sich eines Nachts, dass dem Bürgermeister ein seltsamer Traum überkam. Er sah sich auf einem prunkvollen, mit Gold ebenso wie mit Edelsteinen bestückten Thron sitzen, während die Abgesandten ferner Länder erschienen, ihm ihre Ehrerbietung zu erweisen.

Schweißgebadet wachte er auf und ließ unversehens alle Ratsherren zusammenrufen. Eile sei geboten, den Traum zu deuten. Womöglich seien die ersten Abgesandten bereits auf dem Weg, was nichts anderes bedeutete, als könnte in jedem Moment der erste von ihnen seinen Fuß in das weltgewandte Schilda setzen.

Dem Traum wurde in der nächtlichen Ratsstunde viel Bedeutung beigemessen. Es wurde beschlossen, das Rathaus auf das dreifache zu vergrößern und in der Mitte eines prunkvollen Saales einen noch prunkvolleren Thron zu errichten. Auf eben diesem solle der Bürgermeister als Kaiser Platz nehmen, wer es verstand, im Traum ein Kaiser zu sein, dem sei es ein Leichtes, die Rolle im richtigen Leben zu spielen. Für den kostbaren Thron sammelte man alle Schmuckstücke in Schilda zusammen, bald sahen die Frauen nur noch wie verwelkte Bäume im Herbst aus. Da nicht genügend Steine vorhanden waren, das Rathaus zu vergrößern und obendrein Eile geboten war, wurde beschlossen, alle Häuser abzutragen bis auf vier Ecksäulen, damit nicht die Dächer auf die Erde stürzten, denn ein Dach über dem Kopf müsse man haben, anderenfalls wäre auch kein Kopf vonnöten.

Bald waren die Arbeiten in vortrefflicher Weise ausgeführt. Der Bürgermeister wurde auf den Thron gesetzt und ordentlich gemästet, damit seine ohnehin schon stattliche Erscheinung zunahm und eines Kaisers würdig war. Voll Ungeduld und Spannung warteten die Bürger von Schilda auf die Abgesandten, die aus allen Winkeln der Erde kommen und nebenher prächtige Geschenke bringen würden, so dass der Verlust des Schmuckes um ein Vielfaches auszugleichen war.

Die Tage verstrichen, die Anspannung wuchs, die Ungeduld wuchs, die Figur des Bürgermeisters wuchs. Letzteres in einem Tempo, dass man bald einen neuen, viel breiteren Thron würde anfertigen müssen, wenn das ganze Theater nicht bald zu einem guten Ende käme.

Da traf es sich gut, dass Uhlenspiegel des Weges kam. Schnell durchschaute er die Posserei, es kam ihm obendrein zugute, dass die Bürger von Schilda ihn ob der seltsamen Kleidung für den ersten Abgesandten, der nicht weniger als vom weitesten Ende der Welt kam, betrachteten. Uhlenspiegel ließ sie gewähren. Nachdem er sich mehrere Tage hofieren und mit allerlei Kostbarkeiten speisen und kleiden hatte lassen wurde er der Bequemlichkeit überdrüssig und beschloss, dass auch der Spaß auf seine Kosten kommen solle.

Als der Schilda-Kaiser wieder anfing, von den vielen Abgesandten zu sprechen, auf die man so nebenbei wartete, blickte ihn Uhlenspiegel vorwurfsvoll an. Warum er nicht früher über dieses Problem gesprochen habe? Und ob er nicht wisse, dass er, als weitgereister, weltgewandter Lebemann auf jedes Problem eine Lösung, gewissermaßen den passenden Deckel für den Topf, besaß? Ihm sei es auf der Reise gleich seltsam vorgekommen. In der Nähe von Schilda wimmelte es von prächtig gekleideten vornehmen Menschen, die ziellos umherirrten, als suchten sie etwas Bestimmtes. Und jetzt wäre es ihm eingeleuchtet, dass die Fremden nichts anderes als auf der Suche nach Schilda waren, wo sie ihre prachtvollen Geschenke, die auf Maultieren, Pferden, Kamelen und sogar Elefanten geladen waren, weil es davon so viele und große gab, wo sie ihre kostbaren Geschenke abzugeben willens waren.

Die Augen des Bürgermeisters weiteten sich zu einem Scheunentor. Sein nächtlicher Traum hatte ihn nicht betrogen, auch war die Plackerei mit dem Mästen nicht umsonst gewesen. Bald würden die Fremden in einer endlosen Reihe vor seinem Thron stehen im wohlgemeinten Eifer, ihm zuerst die Ehre erweisen zu dürfen.

Nur, wie konnten die Fremden den Weg nach Schilda finden, wandte sich der Schilda-Kaiser besorgt an Uhlenspiegel

Dieser wusste auch hierfür Rat:

Ehrwürdiger Kaiser von Schilda, hob er an. Gewiss steckt Ihr und Euer Hofstaat samt der letzten Maus in Eurem Reich in einer misslichen Lage. Aber das Schicksal meint es gut mit Euch, mich zur selben Zeit, da Eure Not am größten, hierher zu führen. Ich sah wohl viele Königreiche auf dieser Erde, eines prächtiger als das nächste. Sie alle ließen es sich nicht lumpen und stellten ihren Reichtum zur Schau, auf das sich jedes Auge daran erfreuen könne. Das meint nichts anderes, als dass Ihr alle Goldtaler einsammeln müsst. Die Hälfte davon schmelzt ein und vergoldet damit die Kuppel des Rathauses.

So können alle Welt und besonders die herum-irrenden Abgesandten bemerken, was für ein außergewöhnliches Plätzchen sich in diesem Wald befindet. Nun kann es jedoch geschehen, dass einige Abgesandte heillos hinter den Berg-kuppen herumirren und von dort selbst die prächtige goldene Kuppel nicht zu erblicken vermögen. Ihr könnt doch aber nicht die Berge abtragen, nur dass Eure goldene Kuppel besser zu sehen ist. Also gebt mir die andere Hälfte der Goldtaler, ich werde sie auf allen Wegen ausstreuen, die zu Eurem Städtchen führen. Gewiss kann jeder gleich erkennen, dass am Ende der Pfade, die mit Gold gepflastert sind, Besonderes stecken muss.

Der Schilda-Kaiser wollte bereits aufstehen, doch Uhlenspiegel bedeutete ihm, sitzen zu bleiben, da er noch nicht zu Ende gekommen sei mit seinem Ratschlag.

Wie ich bereits zu anderem Anlass gemerkt habe, führen die Abgesandten kostbare Ge-schenke mit sich, die sie auf allerlei seltsamen Tieren geladen haben. Darunter seien Kamele, auf dem Rücken mit drei Höckern ausgestattet, wegen der vielen Gaben extra mit einem zusätzlichen Höcker versehen. Eben besondere

24

Kamele, wie sie zu Eurem Hofstatt passen. Da sie selbst drei Höcker haben sind diese Tiere jedoch nur zu bewegen, über Wege zu laufen, die über Hügel führen. Im Wald können Sie den Unterschied nicht bemerken, wohl aber in Eurem flachen Städtchen. Ihr müsst also überall Hügel auf den Straßen aufschütten, sonst sind die Kamele nicht dazu zu bringen, weiter zu laufen und Ihr werdet nicht zu den kostbaren Geschenken kommen, die sie zwischen ihren Höckern tragen.

Als Uhlenspiegel die entsetzten Gesichter sah, beschloss er, noch ein wenig drauf zu geben.

Andere Abgeordnete führen riesige Elefanten mit sich, das sind vier laufende Säulen, vor diesen ein Wasserschlauch, und dieses gewaltige laufende Gebilde wäre sonst nicht in der Lage, die vielen Geschenke zu transportieren. Nun sind diese Dickhäuter, besonders wenn sie aus dem kühlen Wald in die Hitze einer großen betriebsamen Stadt wie Schilda eintreten, gewohnt, alle 50 m ein kühles Schlammbad zu nehmen.

Dort wo Ihr keine Hügel aufgeworfen habt, müsst Ihr fleißig tiefe Löcher in Eure Straßen graben und mit Wasser füllen. Es fügt sich gut zueinander, denn grabt Ihr die Löcher, habt Ihr gleich genügend Sand für die Kamelhügel.

Ich werde am Anfang noch bei Euch bleiben, achtzugeben, dass die Hügel hoch genug und die Löcher recht tief sind. Niemand von Euch kennt solcherlei fremdartigen Tiere und ich kann Euch versichern, dass ihre Ansprüche ebenso hoch sind, wie die des kaiserlichen Hofes, der sie geschickt hat. Habe ich aber genug gesehen, dass Ihr die Sache verständig und richtig ausführt, muss ich mich auf den Weg machen, die Goldtaler auszustreuen. Bald aber, und dabei blickte Uhlenspiegel für eine Sekunde auf den Schilda-Kaiser, werdet Ihr mehr als einen Elefanten in Eurer Stadt haben und eine Vielzahl mehr an Kamelen - als jetzt, dachte er nur bei sich, sprach es jedoch besser nicht aus.

Es geschah, wie Uhlenspiegel geratschlagt hatte. Nachdem er sich an Löcher graben und Hügel aufwerfen satt gesehen hatte, ließ er einen Ochsenwagen anspannen und machte sich mit der Hälfte der Goldtaler davon.

Noch lange war die goldene Kuppel von Schilda zu sehen, wie ein Bild aus tausendundeiner Nacht, aus einem friedlichen Paradies, wenn auch mit

Höhen und Tiefen auf den Wegen ausgestattet, dafür aber ohne eine einzige Goldmünze; welch eine Oase des Glücks, war nicht gerade das Geld die Wurzel von allem Übel in der Welt?

Und auf diese Weise hatte Uhlenspiegel so nebenbei auch den Quacksalber von diesem Übel geheilt, denn diese Art von Profession besitzt nicht selten am meisten von diesem Übel und diese Art von Heilung bedeutete nichts anderes, als dass sich Uhlenspiegel, auch wenn auf einem etwas befremdlichen Weg, vom Quacksalber sein verlorengegangenes kleines Vermögen wieder zurückgeholt hatte. Dieses zu ihm heimgekehrte Vermögen, wie auch die anderen ihm anvertrauten Goldtaler, streute er natürlich nur in goldenen Gedanken über die Wege, die in das beschauliche Schilda führten.

Ist der Handel noch so klein...
Lädt er doch zum Betrügen ein.

2.
Nichts (–) macht glücklich

Als sich die ersten Bürger von Schilda ein weiteres Mal aus ihrer beschaulichen Stadt in die Fremde der Welt herausgewagt hatten und nachdem sie zurückgekehrt waren, hielt Trübsal in Schilda Einzug. Es war ihnen bewusst geworden, dass sie ihre Einmaligkeit verloren hatten, denn all die merkwürdigen Dinge, die man bislang nur in Schilda vorfinden konnte, hatten in der Welt Einzug gehalten.

Ihrer Einzigartigkeit beraubt, verfielen die Bürger von Schilda in eine tiefe, niedergedrückte Stimmung. In dieser Verfassung ereilte sie obendrein das Schicksal, dass Uhlenspiegel in ihre Stadt kam. Es dauerte nicht lange, dass er ihren Kummer erkannt hatte und war sogleich bereit, für diese schlimme Not Abhilfe zu schaffen.

Er sei viel in der Welt herumgekommen, erklärte Uhlenspiegel und könne bestätigen, dass er ähnliche Kunstwerke wie Häuser ohne Fenster, schiefe Gebäude, als würden sie im nächsten Moment umstürzen und in einer Buntheit, dass selbst ein Clown in seiner Farbenpracht vor Neid erblasste, dass er solcherlei und dergleichen mehr inzwischen in aller Welt entdeckt habe. Leider habe sich niemand unterfangen, Sie, die Bürger von Schilda, zu fragen, ob sie derartige kunstfertigen Dinge, eben diese Häuser oder das Transportieren von Licht in Säcken, ob sie solcherlei nachahmen dürften, schließlich seien die Bürger von Schilda die Urheber all dieser sich gewiss schwer auszudenkenden Errungenschaften.

Man solle sich nicht grämen, er habe trotzdem nicht gefunden, dass die Welt da draußen glücklich sei. Das könne nichts anderes bedeuten, als dass alles, was es dort draußen anzutreffen gab, nicht zum Glücklichsein beitrug.

Die Lösung sei deshalb derlei einfach, man brauche nur auf jegliche ihnen bekannten Dinge zu verzichten, würde dadurch ihre Einmaligkeit zurückgewinnen, das Glück obendrein. Nun sei das Ganze nicht gar so einfach, schließlich könne man einfach oder zugegebenermaßen vielfach nicht auf alles verzichten.

Da draußen liefen die Menschen auf Beinen herum und man dürfe nicht meinen, jeder in Schilda solle auf seine Beine verzichten, zum nächsten Metzger gehen, sie sich abhacken lassen und könnte so das Glück erfahren. Gewiss wären sie dann auch die einzige Stadt auf der ganzen Welt, wo alle ohne Beine herumliefen und hätten etwas Neues, Einmaliges geschaffen. Aber eben nur die Einmaligkeit und nicht das Glück.

Mit dem Denken, den Augen, dem Luftholen, mit allem verhielt es sich vergleichbar, also sei er, Uhlenspiegel, als Experte für das Glücklichsein von Nöten, auszusortieren, wo und worauf ein jeder in Schilda verzichten sollte, das Glück wiederzufinden.

Als erstes sei auf solcherlei Nichtigkeiten wie Tische, Stühle und Betten zu verzichten. Er sei in der ganzen Welt herumgekommen, auch auf Flecken, wo noch nie ein Mensch seinen Fuß hingesetzt hatte. Solcherlei Dinge wie Tische, Stühle und Betten habe er in der Natur nirgendwo vorgefunden, und doch kamen ihm die Pflanzen und Tiere gerade an diesen Flecken besonders glücklich vor. Und sonst in der Welt, wo es an Tischen, Betten und Stühlen in Über-fluss gab, dass jede Ecke damit zugestellt war, habe er kein Glück bei den Menschen finden können.

Stellt also alle Stühle, Tische und Betten als gewaltige Pyramide aufeinander. So seid ihr diese lästigen Dinge los, habt obendrein ein neues Kunstwerk und das Glück hat genügend Platz, in eure Häuser zurückzukehren. Wenn ihr euch an dieser Pyramide des Überflusses satt gesehen habt, steckt sie in Brand, damit diese Dinge auch als Bilder aus euren Köpfen verschwinden. Denn dies sei auch eine Kunst, die Kunst zu erschaffen und dann die Kunst selbst und die Bilder dieser Kunst wieder aus den Köpfen verschwinden zu lassen.

Die Idee gefiel zwar nicht jedem, aber sie leuchtete den verständigen Bürgern von Schilda ein. So gewannen sie ein Stück von ihrer Einmaligkeit zurück, allein, das Glücklichsein wollte sich trotz fehlender Stühle, Tische und Betten nicht einstellen. Uhlenspiegel besah sich ihr Unglück und stellte fest, dass sie seinen Ratschlag nicht gründlich genug ausgeführt hatten.
Im Rathaus standen unverändert die vielen Tische und Stühle herum und Uhlenspiegel sagte ihnen, es sei Eile geboten, auch hier diesem Übel abzuhelfen, sollte sich endlich der gewünschte Erfolg einstellen. Es geschah und die Wirkung

blieb nicht aus. Kaum waren auch dort alle Tische und Stühle entfernt, hellten sich die Gesichter der Bürger auf. Sie erhielten keine amtliche Post mehr, denn wie sollten solcherlei Dinge ohne Tisch und Stuhl angefertigt werden, sie wurden nicht mehr in das große schreckliche Gebäude mit den dunklen Augen zitiert, um überflüssige Anträge und Formulare auszufüllen, denn es gab keinerlei Möglichkeit, sich zu setzen, keinen Tisch als Schreibunterlage.

Als Uhlenspiegel den ersten Erfolg sah und wie das Glück begann, in die Gesichter der Bürger von Schilda zurückzukehren, hielt er die Gelegenheit für günstig, einen draufzusetzen, das Glück der Bürger von Schilda zu vervollkommnen.

Bürger von Schilda,

hob er an, ich sehe euch jetzt mit genügend Verständnis ausgestattet, den letzten Schritt zu gehen, des vollständigen Glückes habhaft zu werden. Habt ihr nie daran gedacht, welche Verdrießlichkeiten ihr euren Händen zu verdanken habt? Sie bringen euch dazu, von morgens bis abends unerklärliche Dinge zu verrichten, sie tun, was euren Nachbarn ärgert oder bereiten euch sogar Kummer, wenn sie anderen etwas wegnehmen.

Dem sei abzuhelfen, nicht in drastischer Form, wie er auf seiner Reise durch die Welt schon gesehen habe. Vielmehr seien ihm auf seinen vielen Fahrten gelegentlich Menschen begegnet, die ihre Hände verschränkt auf dem Rücken hielten und gemütlich hin- und herspazierten, oder die Hände in den Hosentaschen vergraben hielten, herumstanden und glücksstrahlend ihre Umgebung beobachteten. Nun müsse doch auch dem Letzten klar sein, warum diese Menschen unvergleichlich glücklich seien. In einem solchen Zustand könne man mit seinen Händen nichts anstellen, was das Unglück in die Gesichter treibt, Arbeit, Diebstahl, Ärger und dergleichen mehr.

Bindet euch die Hände auf dem Rücken zusammen und spaziert den lieben langen Tag durch euer beschauliches Städtchen. Oder legt euch einen Goldklumpen in die Hosentasche und haltet ihn mit eurer Faust umklammert, dass euch die Hand aus der Tasche nicht entweichen kann, um Dinge anzustellen, die euch nur das Unglück ins Gesicht treiben. Vorher aber muss ich euch nebenher noch erklären, dass die Angst, etwas zu verlieren, was man besitzt, meist große Sorgen bereitet, deshalb sei es besser, solche Dinge wegzugeben, denn danach könne man sie untrüglicherweise gewiss nicht mehr verlieren und hätte keinen Grund, Sorgen im Gesicht herumzutragen.

Darum werft euer Geld auf die Straße, dass es euch nicht länger die Sorgenfalten ins Gesicht treibt. Bedeutet es nicht Glück, wenn das Geld auf der Straße liegt? Und während ihr dann mit euren gebundenen Händen spazieren geht, werde ich mich der Arbeit und des Unglücks unterziehen, das Geld zusammenzukehren, dass ihr über saubere Wege spazieren gehen könnt, auch dass ihr über das Geld nicht stolpert oder gar ausrutscht wie auf einer Eisbahn, denn nicht wenige wissen, wie schmierig Geld ist.

Ihr seht also, dass ich selbst gewillt bin, eine schwere Last auf mich zu nehmen, damit ihr fortan in einer glücklichen Einmaligkeit euren alten Ruf erlangt und die fremde ferne Welt voller Hochachtung von euch redet, auch ein wenig in Neid, wenn sie von eurem glücklichen Zustand hören und die weiteren Umstände dazu erfahren wird.

Käse schließt den Magen zu.
Gilt dies auch für Löcherkäse???

3.
Geld stinkt (nicht)

Uhlenspiegel hatte ein halbes Jahr auf der faulen Haut gelegen, langsam wurde er sogar der Faulheit überdrüssig. Gerade recht kam ihm die Erinnerung an das beschauliche Städtchen Schilda, wo die Welt noch in einfacher Ordnung lag. Hier gab es keinen Argwohn, keine Missgunst, keine Hinterlist, hier gab es nur den arglosen, unschuldigen, einfachen Glauben, dass die Dinge so waren wie sie sein sollten und somit alles seine einfache, überschaubare Ordnung ergab. Gerade recht kam dem Uhlenspiegel auch die Erinnerung an die Bürger von Schilda, da sein eigenes Geldsäckel leer und die Speisekammer ein riesiges schwarzes Loch waren und zu allem Überdruss der Winter bereits an die undichte Tür pochte.

Geschniegelt wie ein Mann von Welt begab sich Uhlenspiegel auf den Weg. In der Hand trug er ein goldenes Köfferchen, gefüllt mit allerlei Putzutensilien.

Nach einigen Tagen wurde er der Kirchturmspitze von Schilda ansichtig. Froh und warm wurde ihm ums Herz, einer könnte meinen, das versunkene El Dorado sei über Nacht aus einem unterirdischen Labyrinth der Erde auferstanden.

Am Marktplatz gab es noch immer das hölzerne Podest, auf das er sich zu stellen pflegte – nicht ohne das goldene Köfferchen in der roten Abendglut der untergehenden Sonne zu platzieren. Der Köder verfehlte seine Wirkung nicht, wie ein Fleischmagnet zog er die stumpfen Bürger aus Schilda an, die in Scharen aus ihren Häusern auf den Marktplatz strömten.

Verzeiht, wenn mein goldenes Köfferchen euch blendet, begann Uhlenspiegel seine wundersame Rede. Aber ich habe ihn versehentlich an die Wand meines Hauses gestellt, und da diese aus purem Gold ist blieb dem armen Koffer nichts anderes übrig, als auch etwas von dem glänzenden Metall aufzunehmen.

Die Bürger von Schilda staunten recht ordentlich über diese Botschaft. Ein Haus aus Gold schien keine schlechte Lebensgrundlage. Und hatte einen die wahre Lebensnot einmal doch eingeholt, braucht man nur an einer unwichtigen Stelle ein Stück Gold herausbrechen und so der Lebensnot einen gehörigen Tritt in den Allerwertesten versetzen.

Uhlenspiegel merkte, wie die ersten am Köder nippelten. Im richtigen Augenblick ein rasches Anreißen und genügend Einwohner von Schilda würden unwiederbringlich an seiner Angel zappeln.

Geld stinkt nicht, sagte Uhlenspiegel. Ich denke, jeder von euch kennt diese Redewendung. Aber niemand wird wissen, dass sie von mir stammt, nur von mir stammen kann. Denn ich bin der Einzige, der auf seinen vielen Reisen durch die Welt jedes Geldstück einmal in der Hand gehabt hat, um zu beurteilen, dass kein einziges von den unendlich vielen Talern zu stinken gedenkt.

Ihr müsst nur nicht denken, dass solche Selbstverständlichkeiten, dass Geld nicht stinkt, von allein kommt. Nicht die harte Arbeit, die einer verrichtet, ist der schwierige Teil der Sache mit dem Geld. Dies ist ein Kinderspiel verglichen mit dem Kraftakt, das Geld zu waschen, auch damit es nicht mehr stinkt. Denn somit wurde auch mit allen Talern auf der weiten Welt verfahren, bevor sie in meine Hände gelangten zur hochinstanzlichen Prüfung ihrer Reinheit, denn längst hatte sich mein kundiges Wissen in allen vier Himmelsrichtungen herumgesprochen.

Aus diesem Grund bin ich gekommen. Wo pflegt man denn das Geld hineinzustecken? In die Hosentaschen und damit ganz in die Nähe von verschiedenen Öffnungen, die nicht immer zum Besten duften. Ich erbiete mich aber, euer Geld zu waschen, dass es edler duften wird als das teuerste Parfum von Paris. Ebenda zu diesem Zweck habe ich mein goldenes Köfferchen mit-gebracht, mit dem ich auch schon vielen anderen Menschen auf dieser weiten Welt geholfen habe.

Bald darauf brachten die Bürger von Schilda kübelweise ihr Geld, das sie bis dahin in muffigen Sparstrümpfen und noch muffigeren Matratzen versteckt hatten. Uhlenspiegel sammelte alles in einem riesigen Sack und hieß die Schildbürger, in zwei Tage wiederzukommen.

Und da wartete gleich eine gehörige Über-raschung auf sie. War Uhlenspiegel Sack vor zwei Tagen noch prall gefüllt, wölbte sich jetzt gerade die untere Hälfte schlaff vor.

Eine gehörige Arbeit habt ihr mir aufgetischt, schimpfte Uhlenspiegel. Euer Geld war derart dreckig, dass es mich zwei schlaflose Nächte kostete, es zu reinigen. Und als der ganze Dreck fortgeschrubbt war, blieb nur noch dieser Rest.

Uhlenspiegel hatte jedoch nichts anderes verrichtet, als die eine Hälfte des Geldes in den Mischtrog eines Bäckers zu kippen, eine Flasche edles Parfum dazugegeben und das ganze zwei Tage sich selbst überlassen.

Viel bin ich herumgekommen, fuhr Uhlenspiegel fort und bin auf meinen Wegen einer Stadt begegnet, in der alle Menschen aus purer Lebensfreude den lieben Tag lang wie Honigkuchen grinsend durch die Gegend schweben. Eifrig habe ich mich abgemüht, dem Geheimnis auf die Spur zu kommen. Dabei war die Lösung so lächerlich einfach, dass man geradezu darüber stolperte.

In dieser Stadt lag das Geld auf der Straße, fuhr Uhlenspiegel fort. Nichts mehr und nichts weniger war der Grund ihrer Lebensfreude. Und wer es nicht glaubt, der brauche doch nur sein Geld auf den Boden werfen und ein paar Schritte darüber tun, um dieses Glücksgefühls leibhaftig zu werden.

Das leuchtete selbst den Bürgern von Schilda ein. Aber bevor dieser glückselige Zustand erreicht war musste erst Sorge dafür getragen werden, wie das Geld auf die Straße kam.

Ihr werdet gewiss keinen Dreck auf eure Straßen kippen, unterbrach Uhlenspiegel ihre Träumereien. Auch zu diesem Zweck habe ich euer schmutziges Geld gewaschen. Geht nun nach Hause, nachdem ich euch das Geld zurückgegeben habe, und werft es mit vollen Händen zum Fenster hinaus. Dann wird das Geld morgen auf euren Straßen liegen und ihr könnt wie der wohlgeborene Kaiser von China erhobenen Hauptes und auf den Flügeln des Glücks durch eure Stadt, ja sogar durch euer ganzes Leben, schreiten. Bedenkt aber, dass ich das Geld nicht dafür gewaschen habe, dass ihr es auf dreckige Straßen werft. Vorher müsst ihr den Tag dafür benutzten, die Straßen zu putzen, dass sie besser glänzen als der Tisch, von dem ihr euer Mittagsbrot esst. Erst nach dieser Arbeit kehrt nach Hause und verfahrt, wie ich euch erklärt habe.

Uhlenspiegel hatte kaum ausgesprochen, als er den Sack öffnete und den Inhalt in hohem Bogen über den Marktplatz schleuderte. Ein heilloses Durcheinander entstand, wie es das beschauliche Schilda noch nicht erlebt hatte. Nachdem das letzte Goldkörnchen von den Bürgern unter dem Dreck und Tumult aufgedeckt war, kehrten sie, nicht wenige versehen mit dicken Schrammen und noch dickeren Beulen und blutunterlaufenen Augen, kehrten auf diese Weise und solcherlei Anblicks die Bürger von Schilda in ihre Häuser zurück.

Gesagt, getan. Die Straßen und Bürgersteige wurden geputzt, dass sich die Sonne auf ihnen wie in einem kaiserlichen Spiegel betrachten konnte. Abends, im Schein der untergehenden Sonne, die auch auf Uhlenspiegels goldenem Köfferchen glänzte, öffneten die Bürger von Schilda ihre Fenster und warfen das Geld hinaus. Dann legten sie sich nieder, erwartungsvoll wie die kleinen Kinder in der letzten Nacht vor dem Weihnachtstag und träumten sich in ihr Glück hinein.

Uhlenspiegel aber sammelte in der Nacht die andere Hälfte des Geldes ein, indem er jede Straße noch gründlicher fegte, als es die Bürger von Schilda zuvor getan hatten. Nie zuvor waren die Straßen eines kleinen Städtchens so blitz und blank gefegt und auch vom allerletzten allerkleinsten Staubkörnchen befreit worden.

Zufrieden machte sich Uhlenspiegel auf den Heimweg. Der Winter konnte jetzt kommen, auch der Frost, der Sturm, das Eis. Das viele Geld schien ihm stärker als all diese Naturgewalten, die sich anschickten, über die beschauliche friedliche Welt hereinzubrechen.

Kindermund
Tut Wahrheit kund.
Darum müssen die Kinder leiden
Und am Tisch beim Essen schweigen.

4.
Weis(s)e tragbare Öfen

Die Bürger von Schilda lebten in ihrer Beschaulichkeit fernab jeglichen Trubels der sie umgebenden Hektik. Die Häuser klein doch schicklich gehalten, die Tiere täglich herausgeputzt, als gelte es, eine animalische Miss-Universum-Wahl zu gewinnen, die Straßen blankgewetzt wie das Tafelsilber eines Königs. Schlug das Jahr um, von der behaglichen Sommermilde über die ungemütlichen stürmischen Herbsttage bis zu den frostigen Winterklängen, fingen die Häuser beizeiten an, behaglich warm zu werden. Mit Kohle und Holz beheizt pafften die weithin sichtbaren Schornsteine vor sich hin. Das war so recht nach dem Sinn der Bürger von Schilda, alles war gefügt in rechter Ordnung, sogar hatte man die Schornsteine mit langen Rohren verlängert, dass der Rauch so lang als möglich in geordneter gerader Linie in den Himmel aufzusteigen vermochte. Und das tat er, Tag für Tag mehr, denn der Winter legte jeden Tag eine kräftige Schippe Frost mehr auf, dem es galt, zu widerstehen.

Indes wurde es bald ersichtlich, dass es den Häusern weit besser ging als den Menschen. Die Häuser schienen sich recht wohlzufühlen, glühten vor Wärme, strahlten eine unberührbare Ruhe aus, was nur von den Öfen herrühren konnte. Ganz anders war es mit den Menschen. Auch wenn ihr Atem morgens in der Kälte einem Schornstein gleich qualmte, fühlten sie sich nicht annähernd so behaglich. Was nichts anderes als einer großen Ungerechtigkeit gleichkam, sollte es doch wenigstens ebenbürtig zwischen Häusern und Menschen zugehen.

Dem war abzuhelfen. Nur auf welche Weise? Man konnte doch nicht den Öfen gleich Holz und Kohle in sich hineinstopfen, anzünden und darauf warten, dass es einem behaglich wurde.

Es fügte sich zur rechten Zeit, dass Uhlenspiegel ein weiteres Mal durch den Ort kam. Eigentlich hatte er nur vor, ihn zur Durchreise zu nutzen, seine Reise zum eigentlichen Ziel abzukürzen. Es brauchte nur wenige Schritte im Ort, den unglücklichen Zustand der Bewohner wahrzunehmen. Und es benötigte noch weniger Schritte, eine Lösung herauszufinden, denn Uhlenspiegel war es gewohnt, sich

Lösungen, wenn auch ungewöhnlicher Art, für Schwierigkeiten zu erdenken.

Warum, liebe Bürger von Schilda, begann er seine aufgesetzte Rede, warum lauft ihr wie Sauertöpfe herum? Natürlich, weil ihr es euren Häusern besser ergehen lasst als euch selbst. Heizt sie mit mühsam herangeschafftem Holz, damit es Türen, Fenster und Wänden wohl ergeht. Und ihr selbst? Solange ihr drinnen seid, könnt ihr ein wenig Wohlergehen für euch selbst abzweigen. Aber kaum seid ihr draußen, was dann? Ihr könnt doch nicht die Wärme in Säcke packen wie das Licht oder unter eurer Kleidung verstecken, darauf vertrauend, dass die Wärme an euch kleben bleibt wie Speichel am Mund.

Warum verfahrt ihr mit euch selbst nicht so wie mit den Häusern? Legt euch einen Ofen zu, am besten einen, den ihr mit euch herumtragen könnt, damit er euch aufheizt, wo immer ihr euch befindet.

Dabei zog er etwas längliches, außen weiß wie frisch gefallener Schnee, innen schmutzig wie eine abgelaufene Straße, hervor. Er steckte sich dieses seltsame Ding in seinen Mund, zündete es an und begann, bald selbst wie ein Schornstein zu qualmen.

Die Bürger von Schilda staunten nicht wenig, hatten sie doch nie zuvor gesehen, wie einer daran ging, sich selbst anzuzünden.

Ihr müsst keine Sorge haben, selbst zu brennen, beruhigte Uhlenspiegel. Der warme Rauch wärmt euch innen und außen, doch kommt das Feuer zu dicht an euch heran, wird es, meistens jedenfalls, ausgehen aus Angst, von eurem Maul aufgefressen zu werden.

Das wiederum verstanden die Bürger von Schilda. Uhlenspiegel war gleich bereit, solcherlei tragbare Öfen gegen ein kleines Entgelt abzugeben und versprach, bestand der Bedarf, mehr heranzuschaffen.

Nach einer Weile liefen alle Bürger von Schilda mit diesen qualmenden weißen Stängeln herum. Es soll vorgekommen sein, dass einige versuchten, sie sich in andere Öffnungen des Körpers zu stecken, schien es doch egal, wo die Wärme hereinkam und nutzte man weiter unten gelegene Öffnungen würde auch gleich den Füßen besser eingeheizt, denn solche Körperteile waren es in der Regel, die sich am meisten unter der Kälte bemerkbar machten.

Nun hatte Uhlenspiegel einen guten Verdienst aus der Sache gezogen, war jedoch noch nicht auf seinen Spaß gekommen, was ihm trotz des großen Verdienstes verdrießte.

Deshalb machte er sich die Mühe, jeden einzelnen aufzusuchen und ihm unter dem Siegel der Verschwiegenheit von der Gefahr solcherlei von ihm eingeführter Öfen zu berichten. Er habe es nicht vor allen verkündigen wollen, keine Panik hervorzurufen und es reiche, wenn allein der von ihm Angesprochene die Gefahr kenne, die er gerade ihm unterbreitet, da er Uhlenspiegel von allen besonders am Herzen lag.

Nach dem Uhlenspiegel seine Runde gemacht hatte und jeder Bürger von Schilda meinte, als einziger in das Geheimnis der Gefahr eingeweiht zu sein, beschloss Uhlenspiegel, den Ort zu verlassen. Jedoch nur offiziell; in der Wirklichkeit hielt er sich verkleidet an allen möglichen Ecken versteckt und nahm mit Genugtuung war, dass bald an allen Stellen von Schilda mit Wasser gefüllte Eimer standen. Kam es nun, dass ein Bürger von Schilda mit diesem sonderbaren tragbaren, im Mund steckenden Ofen, vorbeikam, gab Uhlenspiegel einen Pfiff von sich, was für den nächst besten bedeutete, die Gefahr, in die Uhlenspiegel ihn eingeweiht hatte, war am Herannahen. Das führte dazu, dass der durch den Pfiff Aufgeschreckte zu einem Eimer griff und es dem Herannahenden ins Gesicht schüttete, ihm den glimmenden, im Mund steckenden Ofen zu löschen, bevor das Feuer auf den in Gefahr Schwebenden selbst übergriff.

Es blieb nicht aus, dass bald ein heilloses Durcheinander entstanden war, ein jeder in vor Nässe triefenden Kleidern herumlief, immer auf der Hut, dem Nächstbesten einen Eimer Wasser ins Gesicht zu kippen, um in guter Absicht zu verhindern, dass das im Mund steckenden Feuer auf andere Körperteile übergriff.

Damit hatte Uhlenspiegel genug, sein Verdienst war erträglich gewesen und obendrein war er auf seinen Spaß gekommen. Er zog nach verrichteter Arbeit von dannen, überließ Schilda, seinen Bürgern, die gefüllten Wassereimer und die im Mund steckenden Öfen sich selbst, um von den Anstrengungen des Schalkes eine angemessene Zeit auszuruhen.

*Kleine Geschenke erhalten die
Freundschaft...
Große bedarf es, die Freundschaft erst
einmal zu starten.*

5.
Märchenhafter Alltag

Als Uhlenspiegel einmal mehr feststellte, dass sein eigener Geldsäckel so leer wie der des Bürgermeisters war, besann er sich der braven Bürger von Schilda, seiner Not abzuhelfen. Er legte eine fürchterlich leidende Miene auf, zwang seinen kleinen runden Bauch in ein Korsett, dass er bald am Rücken wieder herauszukommen drohte, dachte an einige unleidliche Personen, sich Sorgenfalten ins Gesicht zu treiben und machte sich auf den Weg.

Einige Tage später stand er auf dem Marktplatz von Schilda, stand und stand und blickte nur in den Himmel. Es dauerte eine kurze Weile, bis der erste Bürger von Schilda innehielt, das sonderbare Verhalten zu betrachten. Uhlenspiegel achtete ihn nicht, sondern schaute weiter angestrengt in die Luft. Mehr und mehr Neugierige sammelten sich um ihn und endlich bequemte er sich, seine Augen vom himmlischen Anblick abzuwenden, um sich mit irdischen Dingen abzugeben.

Was glotzt ihr mich an und stört mich beim Geldverdienen?, sagte er verdrießlich. Denkt ihr, ich würde aus purem Zeitvertreib die Wolken anstarren, die einen doch nur mit Regen gießen, sobald sie überdrüssig sind, ihre Last zu tragen oder einen weiter anzusehen.

Eine leise Schuld stieg in den Bürgern von Schilda auf, hatten sie doch einen ehrwürdigen Gast gestört, ihren Himmel zu schauen, der es gleich darauf mit Schuld auf sie regnen ließ, und hatten sie Uhlenspiegel obendrein daran gestört, sich Geld zu verdienen, das er praktischerweise dann gleich bei ihnen ausgeben könnte.

So ging Uhlenspiegel einen Schritt weiter in seinem Plan und erzählte die Geschichte vom Sterntalerkind, herzergreifender war sie nie wiedergegeben worden und bald fluteten die Tränen, als seien alle Schleusen des Himmels aufgebrochen.

Warum trauert ihr über diesen Bericht?, erkundigte sich Uhlenspiegel mit dem Heiligen Schein des Mitleids, habt ihr nicht vernommen, dass das Kind am Ende mit goldenen Talern überschüttet wurde und am noch späteren Ende keiner auf der Erde zu finden war, der es an Reichtum mit ihm aufnehmen konnte?

Langsam versickerten die Tränen und die Bürger von Schilda wurden des Lichtes in der Geschichte gewahr. Konnte man dieses Sterntalerkind sein, gerne würde man eine kurze Zeit durch die Not waten, am Ende besser dazustehen als alle anderen.

Ihr habt recht, rief Uhlenspiegel, denn ihr braucht nicht zu denken, dass ich eure Gedanken nicht lesen kann. Selbst bei denen, wo das Haar noch nicht so gelichtet ist, dass es ein Leichtes ist, in den Kopf hineinzuschauen.

Ihr müsst, ihr müsst eben erst euch die Not schaffen, damit euch am Ende die Taler auf den Kopf fallen.

Das klang einleuchtend, doch wie sollten die Bürger von Schilda sich selbst ihre Not bereiten?

Ihr habt viel zu viel in euren Häusern, bringt es morgen hierher, ich werde die Mühe auf mich nehmen, all diesen unnötigen Unrat zu sorgen. Und bringt auch gleich alles Geld mit, das ihr in Socken, unter euren Kopfkissen und anderswo in Löchern versteckt habt, oder habt ihr vernommen, dass Sterntalerkind habe auch nur einen einzigen Heller besessen?

Am nächsten Tag geschah, was Uhlenspiegel vorgeschlagen hatte und es brauchte ihn einige Tage, all diese Nichtigkeiten fortzuschaffen. Derweil hieß er die Bürger von Schilda, sich in Geduld zu fassen. Da keine Goldtaler vom Himmel fielen, könne es nichts anderes bedeuten, als dass ihre Not noch nicht groß genug sei und er oder sie sich Gedanken machen sollten, wie dem abzuhelfen ist.

Einen weiteren Tag später, alle hatten sich auf dem Marktplatz versammelt, blickten sie Uhlenspiegel ängstlich an.

Ob sie vergessen hätten, wie dünn die Ärmchen des Sterntalerkindes waren? Und warum sie nicht selbst darauf gekommen sind, ihre heimlichen Kostbarkeiten aus den Speisekammern hierher zu bringen, all den duftenden Speck und Schinken, die geräucherte Wurst und den süßen Wein nicht zu vergessen, anstatt sich heimlich die Bäuche vollzuschlagen.

So geschah es und Uhlenspiegel konnte sich heimlich den Bauch füllen. Diese Heimlichkeit musste aber am Tage geschehen, denn die Bürger von Schilda schliefen voller Entsagung, wenn die helle Sonne schien, um nachts unter dem Himmel zu stehen, auf den Goldtalerregen zu warten.

Das Jahr war ein gutes Stück vorangeschritten, erster Schnee hatte sich auf den Acker breitgemacht, als die Bürger von Schilda wieder um Uhlenspiegel herum auf dem Marktplatz standen.

Uhlenspiegel war sichtlich böse. All die Mühe, die er sich mit ihnen machte, während ihre verstockte Bequemlichkeit den Himmel noch immer hinderte, Goldtaler schneien zu lassen.

Ein bloßes dünnes Hemd habe das Kind getragen, trotz Schnee und Frost, an Armen und Beinen gezittert, was im Übrigen, und deshalb brauchten sie sich keine allzu großen Sorgen zu machen, dazu führte – er meinte das Zittern – dass der Körper sich selbst Wärme herstellte, Frost und Eis zu wehren.

Bald darauf häufte sich ein ansehnlicher Kleiderberg inmitten des Marktplatzes auf und Uhlenspiegel hatte Mühe, sich für die prächtigsten Stücke zu entscheiden. Unter den Bürgern von Schilda herrschte aber ein Zähneknirschen und Gezeter, das dem Frostgeklirre ordentlich Konkurrenz darbot.

Als der Goldtalerregen noch immer ausblieb stellte sich Uhlenspiegel ein letztes Mal auf den Marktplatz. In seinen Taschen quoll das Geld, sein Bauch war über und über gefüllt mit den feinsten Köstlichkeiten und alles, selbst der stattlich gewordene Wams, vom feinsten Stoff und den dicksten Pelzmänteln umhüllt.

Ich bin es leid, euch wieder und wieder die Geschichte erklären zu müssen. Aber da ich eure Not sehe, in die ihr euch selbst gebracht habt, aber noch nicht tief genug, um das gute Ende zu bekommen, will ich mich unterfangen, euch das letzte Geheimnis eurer fehlenden Not zu erklären.

Er ersparte ihnen den Teil der Geschichte, dass das Sterntaler Kind Halbwaise war, wollte er doch nicht für schwerwiegende Auseinandersetzungen verantwortlich sein, um auch dieser Not habhaft zu werden.

Habt ihr gehört, das Sterntalerkind habe ein warmes Zuhause gehabt, habe gemütlich vor einem schmauchenden Ofen gesessen und sich an dem warmen Feuer ergötzt?

Ihr müsst euren Häusern den Garaus machen, sagte Uhlenspiegel traurig, aber euch zuliebe werde ich den Nachthimmel bitten, Einsicht zu haben, dass ihr nur Fenster und Türen herauszu-schlagen braucht und er dennoch bereit ist, seine Goldtaler auszuschütten.

Uhlenspiegel erbot sich sogar, bei dieser Arbeit zu helfen und war der Erste, der das sonderliche Handwerk verrichtete. Es schien ihm besondere Genugtuung, solcherlei mit dem Rathaus und dem Haus des Bürgermeisters auszuführen. Überall klirrten die Scheiben, sprangen die Holztüren auseinander, dass einem die Funken nur um die Ohren sprühten. Als die Nacht hereinbrach, schickte es sich, dass an diesem Tag ein Komet Schilda streifte und ein Sternschnuppenregen hinabprasselte.

Haut nur weiter tüchtig zu, rief Uhlenspiegel in den Lärm, seht, der Abendhimmel schickt sich an, euch das gute Ende zu bereiten und eilt dann in den Wald, die Goldtaler aufzulesen.

Was weiter geschah ist nicht überliefert, nur dass Uhlenspiegel in der nachfolgenden Zeit ordentlich zu tun hatte, den erworbenen Wohl-stand zu genießen und dass er kaum hinterher-kam, das viele Geld auszugeben. Ja, er musste sich sogar stündlich Umkleiden, all die kostbaren Stoffkleider aufzutragen und so war er die nächsten Jahre wohl sehr zum Leidwesen der Bürger von Schilda damit beschäftigt, von morgens bis abends sein Tagwerk zwischen Essen, Geldausgeben und Umkleiden wechseln zu lassen.

Kommt Zeit, kommt Rat.
Leider oft auch ungefragt.

6.
Trockenübung

Das Land war bis auf den letzten Tropfen ausgetrocknet, da die Sonne sich unterstanden hatte, unentwegt, am Tage und sogar nachts, auf Schilda hinabzuscheinen. Weniger, um dort Erleuchtung zu bringen, wo derartige Eingebungen nicht von Nöten waren oder auch aussichtslos erschienen, vielmehr schien die gelbe Kugel ihren Spaß zu haben, dem seltsamen Treiben jenes Ortes zuzuschauen. Die Felder waren trocken wie Stroh, das sonst nur in angemessener Höhe über dem Erdboden schwebte. Kühe machten ihren Unmut derart laut geltend, dass es tagsüber unmöglich war, eine Ratsversammlung abzuhalten, bei einer Sitzung auszuschlafen oder Nächte sich süßlichen Träumen hinzugeben. Rat musste her, Rat und Wasser, gewissermaßen Wasserrat, diesen vielleicht sogar schneller aufzuspüren, würde jedes Ratsmitglied vorher Ratswasser in sich hineinschütten. Also wurde gesammelt, nicht das Wasser, sondern der Rat, eine Rats(ver)sammlung abgehalten.

Nun kam den Bürgern von Schilda zugute, einen frommen Einsiedler, wenn auch nicht in ihrer Mitte, da er meist in Höhlen hauste, so doch in ihren Reihen zu haben. Weil er einen langen Bart trug und zum Waschen, also auch zum Wachsen von Bärten (Waschen ---> Wachsen, in einer überlaunigen Stimmung hatte ein Buchstabe seinen Lebensplatz vertauscht, das Waschen sei ihm in der Gestalt von erstarrtem Wachs erschienen und deshalb, aber auch wegen der Wasserknappheit habe er beschlossen, seinen Bart nicht länger zu waschen, sondern kurzerhand zu wachsen), wie auch immer, weil auf jedem Fall auch dabei einige Tropfen Wasser von Nöten waren, schien er der geeignete Mann, eine treffende Lösung vorzutragen.

Ehrwürdig erhob er sich und begann in langsam gesetzten Worten von Menschen aus fernen Zeiten zu berichten, die einen hohen Turm bauen wollten, um nachzuschauen, was im Himmel vor sich ging.

Noch verstand niemand, welche Lösung in der Rede steckte, bis der fromme Einsiedler bedeutsam erklärte, dass das Wasser aus den Wolken kam und man müsse gewissermaßen nur einen Uhrenturm bauen und dann eine gehörige

Anzahl von Wolken dazu bewegen, in den Turm zu fliegen und auf die Erde hinabzuklettern. Man könne den Turm innen gemütlich ausstatten, mit allem, was Wolken eben mochten, Federn, Schafe, Wind, welke Blätter und vieles mehr.

Bevor man daranging, den Plan in Steine umzusetzen, kam einer ihrer Klügsten glücklicherweise auf die Idee, zu fragen, was denn aus jenen Menschen geworden war und überhaupt, wie es denn im Himmel aussah und ob es dort genügend Wasser gäbe. Denn so viel schien klar, sollten Sie kein Wasser bekommen und der Himmel besaß genug davon, würde man kurzerhand den Ort verlassen und über den Wolken ein neues himmlisches Schilda errichten.

Als sie von der Verwirrung der Sprachen vernahmen, was nicht anders zustande gekommen sein konnte, als dass jedem unterschiedliche Knoten in die Zunge gewachsen waren und überhaupt, wie sollte man mit Knoten in der Zunge das dann vorhandene Wasser trinken, wurde einmütig beschlossen, den Einsiedler zurückzuschicken, woher er gekommen war und einen neuen Plan zu senden.

Allein war dadurch keine Lösung gefunden. Die Felder wurden noch trockener, die Kühe brüllten lauter als vorher und von der Fassade der menschlichen Angesichter platzte die aufgetragene Schminke wie loser Putz, da die Haut immer mehr einer aufgerissenen Wüste glich.

Bald kam man jedoch auf den Gedanken, dass die Lösung in den Kühen steckte. Man würde sie ins Rathaus sperren, damit sie nicht noch das letzte Wasser von den Wiesen saugten. Auch müsse man dann ihr lautes Gebrüll nicht länger über sich ergehen lassen. Vielleicht könne man sie auch überreden, Wasser statt Milch zu liefern, wenn nicht freiwillig, müsse man nur ein dafür geeignetes Futter finden. Und, dies war der wichtigste Teil der Kuhlösung, hatte sich jemand daran erinnert, dass besonders morgens kleine Wolken aus den Mäulern der Kühe stiegen. Gelegentlich auch aus dem hinteren Ende, auf diese könne aber verzichtet werden, wenn die vorderen ergiebig genug waren. Man müsse die Kuhwolken nur auffangen, wozu im Übrigen kein Turm erforderlich war, der bis zum Himmel reichte, und sie dann wie einen nassen Schwamm ausquetschen.

So geschah es. Die Beamten verließen das Rathaus und (andere) Rindviecher wurden in die Amtsstuben gesperrt. Jeder Kuh hatte man einen dichtgewobenen Leinensack um den Kopf gebunden, die kleinen Wolken aufzufangen, was aber nicht dazu beitrug, ihr Gebrüll zu besänftigen.

Zu jeder vollen Stunde wurde nachgesehen, wie viel Wasser sich schon im Maulsack gesammelt hatte. Das Ergebnis war niederschmetternd und bald wurden die Kühe verdächtigt, selbst das kostbare Nass aus den Maulsäcken zu trinken. Deshalb wurde ihnen ein Seil um den Hals gebunden, gerade so eng, dass die Luft noch hindurchkam, jedoch kein Wasser mehr hinein- strömen konnte.

Auch das half nichts. Am nächsten Morgen be- merkte das beschauliche Städtchen aber, dass durch die kluge Idee, wenn auch kein Wasser zu Tage gefördert wurde doch wenigstens das Ge- brüll der Kühe beendet worden war. Als man das Rathaus betrat, die Ursache der seltsamen Ruhe herauszufinden, fand man sämtliche Rindviecher mausetot auf dem Boden liegen. Die Halsstricke hatten ganze Arbeit verrichtet.

Man kam nicht auf die Idee, dasselbige Experi- ment mit den ursprünglichen Bewohnern des Rathauses zu machen, wie auch, denn noch nie hatte man eine dieser Gestalten so früh am

Morgen gesehen, auch nicht, dass ihnen kleine Wasserwolken aus dem Maul stiegen und ebenso wenig hatte man sie nie bei einer derart schweißtreibenden Arbeit gesehen, dass man hätte versuchen können, Wasser auf diese Weise zu gewinnen.

So besann man sich auf weiterreichende Verbindungen und gut gepflegte Kontakte mit einem kleinen Ort am anderen Ende der Welt, in dem es so viel regnete, dass es sich regelmäßig in eine Badewanne verwandelte. Eine Gesandtschaft wurde zusammengestellt, diesen entlegenen Ort aufzusuchen; per Vertrag sollten sie eine gehörige Portion Regen kaufen, wie er zu transportieren war, das würde einen von ihnen auf dem langen Weg schon einfallen. Und als Gegenleistung konnte die Gesandtschaft das unerschöpfliche Wissen von Schilda anbieten, womit sich jedes Problem dieser Erde lösen ließ.

Im Übrigen dadurch, dass man gewillt war, einen Teil des Regens nach Schilda zu bringen, würde sich das Problem der großen Badewanne für den Ort am anderen Ende der Welt wie von selbst in Wohlgefallen, was nichts anderes als trockene Luft bedeutete, auflösen.

Obendrein hätte man der Welt nicht das erste Mal gezeigt, dass man selbst mit dem eigenen Schildaköpfchen in der Lage sei, die sich anschickenden und möglicherweise durch wirre Wetterkapriolen hervorgerufenen Probleme auf der ganzen Welt zu lösen, ohne diesen unseligen Gesellen von Uhlenspiegel zurate ziehen zu müssen, der es nicht selten geschafft hatte, trotz vorgetragenem besten Willen aus einem kleinen Problem weit mehr als tausend größere werden zu lassen.

Lügen haben kurze Beine...
Darum gibt's:
Kleine Männer in der großen Politik
Und große Männer in der kleinen
Politik.

7.

Die schwarze qualmende Rose

Es war ungefähr die Zeit, da der Frühling in den Sommer wechselte. An der Zeit drei Jahre zurück, als ein seltsamer Besucher durch Schilda kam. Damals und auch später war es nicht mehr herauszubekommen, ob sein Erscheinen aus Zufall oder Absicht passierte, eines Tages war er einfach da.

Er hatte nichts Besonderes vorzuweisen, war gekleidet wie jeder andere, weder auffallend klein noch groß, eben ein Durchschnitt von einem Menschen. Bis auf eine Kleinigkeit, die er in seinen Händen trug. Eine Blume. Eine Rose. Eine schwarze Rose. Dergleichen war man in Schilda nie ansichtig geworden und es war nur also folgerichtig, dass er bald das gesamte Interesse des Ortes gewonnen hatte. Anfangs schien es ihm wenig zu interessieren, als er aber merkte, dass an diesem Ort mit einer schwarzen Rose ein nicht unerhebliches Geschäft zu machen sei, wuchs sein Interesse sprunghaft in die Höhe. Jeder Bürger in Schilda nannte einen Garten sein eigen und erwies sich als äußerst gründlich, was die Flora anging. Kurzerhand berief man eine große Versammlung auf dem Marktplatz zusammen, die Erklärung für das Wunder zu vernehmen und bald selbst schwarzer Rosen im eigenen Garten ansichtig zu werden.

Der Besucher hatte sich einen weißen Kittel angezogen, was ihn noch mehr Eindruck verschaffte. Er erläuterte, Doktor der Pflanzen zu sein, gerade ebenso wie die Menschen und das liebe Vieh benötigen auch diese Geschöpfe kundiger Hilfe. Und eines Tages, ja man höre richtig, sei eine schwarze Rose bei ihm vorstellig geworden. Er habe es zwar nicht mit eigenen Augen gesehen, aber sie könne nur dahergelaufen gekommen sein, wie auch Menschen und Tiere pflegten, auf Füßen daherzukommen. Nach ihrem Eintreffen war sie jedoch vom weiten Weg derart erschöpft, dass sie sich nicht mehr bewegen konnte, stand wie angewurzelt und es fehlte ihr sogar die Kraft, zu sprechen.

Natürlich habe er zuerst gedacht, die schwarze Farbe beruhe einfach auf Schmutz, sei nur abzuspülen. Bald stellte sich dies als Fehlannahme heraus, und es habe ihm die Hälfte seines Lebens gekostet, durch aufwändige

Experimente herauszufinden, auf welchem Umstand dieses Wunder beruhe.

Bei diesen Worten zog er eine runde Glasscheibe aus der Tasche und hielt sie bedeutungsvoll in die Höhe. Dann hieß er einige der Umstehenden, durch das Glas in die Sonne zu sehen. Ihre Münder rissen auf wie weite Scheunentore.

Die Sonne sei ein arger Betrüger, sagte der Mann. Jeder denke, sie streicht die Welt mit gelber Farbe, in Wirklichkeit versteckte sie aber allerlei andere Farben in ihren Strahlen, damit ihren Schabernack zu treiben.

Wie sonst solle man es sich erklären, dass man manchmal rot oder braun wird, wenn einem die Sonne zu lange auf den Kopf geschienen hat. Er kenne nur ein einziges Land, wo die Menschen von der Sonne gelb waren. Auf der anderen Seite der Erde seien sie rot, weil sie sich immer in den Sonnenaufgang stellten, um den Anblick der roten Farbe zu genießen. Er habe sogar von grünen Menschen gehört, ob auf dieser Kugel oder woanders, das wisse er aber nicht mehr zu sagen.

Das gleiche gelte für die Pflanzen. Warum seien all die Blumen bunt wie ein Flickenteppich? Weil sie unterschiedlich viel der Sonnenfarben abbekommen. Und diese sind überall, selbst im Wasser, womit sich zweifelsohne die bunten Farben der Fische erklären lassen. Nur eine Farbe kennt die Sonne nicht. Das Schwarz. Sonst würde sie auch in der Nacht scheinen. Und scheint sie in der Nacht? Gewiss nicht, wie jedermann bestätigen könne.

Auch wäre es ein Leichtes, schwarze Rosen zu züchten. Wenn man sie dazu bekäme, nachts nicht ihre Blüten zu schließen. Dann nämlich könne die schwarze Farbe der Nacht in die Blüten eintauchen, voilà, am nächsten Tag stünde eine schwarze Rose vor einem. Allerdings habe selbst er es nicht herausfinden können, wie eine Rose zu bewegen sei, nachts die Blüten nicht zu schließen. Und da er selbst nachts die Augen schließe, vielleicht um seine schöne blaue Augenfarbe vor dem Schwarz der Nacht zu retten, müsse man selbiges Recht den Rosen zugestehen.

Deshalb, und er sei nicht nur der erste, sondern auch der einzige Mensch, der solches herausgefunden hat, gäbe es keine andere Möglichkeit, eine schwarze Rose zu erhalten, als sie verkehrt herum, mit dem Kopf nach unten, in die Erde wachsen zu lassen.

In der Erde sei es dunkel, was im Übrigen alle Toten bestätigen können, wären sie noch in der Lage zu sprechen. Die Rose könne nicht unbegrenzt ihre Blüten geschlossen halten, wie auch ein im Wasser tauchender Mensch nicht unbegrenzt den Mund geschlossen halten kann. Einmal würde er ihn öffnen, selbst wenn er wisse, dann Wasser und nicht Luft einzusaugen. Und ebenso verhielte es sich mit Rosen, die erste Zeit würden sie sich hartnäckig weigern, ihre Blüten zu öffnen, wie jemand, der schon eine Stunde unter Wasser sei; und irgendwann kämen sie nicht umhin und im selben Augenblick kriecht die schwarze Dunkelheit der Erde in die Blüte und schon habe man den gewünschten Erfolg. Man brauche sie nur noch an den Wurzeln kopfüber aus der Erde zu ziehen. Nebenbei brauche dabei niemand mehr Angst vor den Rosendornen zu haben, selbige seien in der schwarzen Erde nicht zu sehen, also können sie auch weder zu fühlen noch zu stechen imstande sein.

Das überzeugte. Es verdient eigentlich kaum der Erwähnung, dass trotz der überzeugenden Rede Zwischenfragen gestellt wurden, etwa, warum man nicht ein schwarzes Zelt über die Rose stellte, sie so zu überlisten.

Der fremde Besucher schalt den Fragesteller einen Dummkopf, ob er nicht wisse, dass die Sonnenstrahlen sich von einem solch erbärmlichen Einfall nicht überrumpeln ließen, dass sie überall seien, auch wenn man ihrer nicht gewahr werde. Nur nicht in der Erde.

Er wolle aber trotzdem versuchen, eine positive Anregung dieser eigentlich dreisten Frage zu entnehmen und rate deshalb, die Rosen tief genug einzugraben, denn seine Nachforschungen hätten sich nicht auf den Punkt ausgedehnt, wie tief die Sonnenstrahlen in den Boden einzudringen vermögen. Er selbst habe den besten Erfolg bei einer Pflanztiefe von sieben Metern erreicht, was verglichen mit der Mühsal des Brunnengrabens wenig ist und was wiederum stelle das bedeutungslose, weil überall vorhandene, Wasser verglichen mit der Seltenheit einer schwarzen Rose dar.

Eine Kleinigkeit gäbe es noch zu bedenken. Natürlich könne sich die Rose an den Stand der Sonne erinnern und auf die Idee kommen, wieder nach oben aus dem Loch herauszuwachsen. Die ersten Male sei auch ihm dieses Missgeschick unterlaufen. Dieses könne nur dadurch verhindert werden, dass man unter dem Pflanzloch in noch größerer Tiefe ein ordentliches Feuer anzündete, der Rose auf diese Weise die Sonne vorzugaukeln und sie zu bewegen, weiter in die Tiefe zu wachsen, der vermeintlichen Sonne entgegen.

Es muss nicht erwähnt werden, dass bald darauf in Schilda keine Rosen mehr zu sehen waren, dafür jede Menge qualmende Erdlöcher, als sei der beschauliche Ort plötzlich auf eine brodelnde Vulkaninsel gewandert.

Der fremde Besucher, in dem sich vielleicht der Name Uhlenspiegel versteckte, war längst weitergegangen. Diese seine einzige Erleuchtung hatte er während einer langweiligen Schulstunde gehabt, als er eine Rose, die er der Stachel wegen auf den Stuhl seines Nachbarn legen wollte und, um die Wirkung seines Vorhabens noch zu steigern, in das schwarze Tintenfass stellte, wo er sie für eine Weile vergessen hatte. Womit auch bewiesen ist, dass selbst langweilige Schulstunden ihre positiven Seiten haben, denn er beschloss, von nun an die Schule sein zu lassen und mit der unvermuteten Entdeckung durch die Welt zu ziehen, wohl wissend, auf genügend

Erdenbewohner zu stoßen, die es mit dem Lernen noch weniger weit gebracht hatten als er und seine Entdeckung mit weit aufgerissenen Mäulern bestaunen würden. So auch in jenem beschaulichen Schilda, in dem nun nicht allein die Schornsteine, sondern auch der Erdboden an jeder erdenklichen Ecke qualmten.

Man sieht sich im Leben immer
zweimal…
Selbstgespräch vor dem
morgendlichen Spiegel.

8.
Hausgestapelte Zeit

Einer der drei Bürger aus Schilda, die es unternommen hatten, in die weite Welt zu ziehen und die es geschafft oder für lohnenswert befunden hatten, nach Schilda zurückzukehren, war ein Mann mit weißen grauen Haaren. Seine unvermutete Rückkehr glich einem Erdbeben, das eine schier unendliche Kette von Feierlichkeiten auslöste. Am Ende dieser Festorgie wurde beschlossen, Nutzen aus seiner Rückkehr und dem, was er erlebt hatte, zu ziehen. Man müsse mit der Zeit gehen, sonst würde die Zeit plötzlich weggelaufen sein, was nichts anderes bedeutete, dass dann alle Uhren nicht mehr liefen, weil die Zeit davongelaufen sei, und wenn es keine Zeit mehr in Schilda gab, mussten wohl alle unweigerlich sterben. Denn wie sollte jemand ohne Zeit weiterleben.

Also war diese Rückkehr ein Geschenk des Schicksals, nicht nur von großem Interesse der Neuigkeiten wegen sondern auch von allergrößter Wichtigkeit. Deshalb solle der Weitgereiste jeden Tag eine der Neuigkeiten erzählen und man würde sich befleißigen, dem Gehörten gleichzutun, wegen der sonst davonlaufenden Zeit.

Alle Bürger von Schilda waren versammelt, spürte doch jeder, dass nicht nur die Existenz ihres Ortes, sondern sogar das eigene Leben von der wichtigen Botschaft abhing.

Das Erste, was er zu erzählen habe, begann der Weitgereiste, sei von Städten, wo die Menschen übereinanderlebten. Über- und übereinandergestapelt, dass die oberste Spitze der Häuser in den Wolken verschwand. Auch habe er gehört, dass die Preise ganz oben, eben auch ganz oben sind, vermutlich, weil dort die Luft am saubersten, die Sonne am nächsten, der Blick am weitesten, kurzum das Leben am schönsten und der Himmel, wohin doch alle einmal wollen, am dichtesten sei.

Bei diesen Worten fiel er mausetot zur Erde. Zu groß muss die gewaltige Erinnerung für ihn gewesen sein. So waren die anderen einerseits froh, sich nicht selbst solch lebensgefährlichen Eindrücken ausgesetzt zu haben, andererseits mussten sie aber auch schleunigst daran gehen, die Neuigkeit umzusetzen, um wenigstens mit einer neuen Sache die Zeit zu bewegen, nicht aus ihrem Schilda davonzulaufen.

Gleich am nächsten Tag wurde begonnen, das in die Wolken wachsende Haus zu bauen. Es brauchte drei Wochen, bis das erste Haus errichtet war. Schön war es anzusehen, mit weißen Fenstern, roten Ziegeln und einem spitzen strohgedeckten Dach. Hier aber begann das eigentliche Problem.

Wie sollte man auf einem spitzen Dach ein zweites Haus bauen, ohne dass es hinunterfiel. Vielleicht sollte man das zweite Haus verkehrt herum errichten, damit Spitze auf Spitzel zu liegen kam und dazwischen eine ordentliche Schicht Kleber auftragen. Das aber wiederum würde bedeuten, dass sich die Bewohner des zweiten Hauses kopfüber in ihrer Behausung bewegen müssten, was bei bestimmten Verrichtungen wie dem Essen und vielleicht auch beim Gegenteiligen vom Essen einigermaßen kompliziert schien.

So wurde kurzerhand über dem ersten Haus eine Plattform errichtet, abgestützt mit den dicksten Balken, die zu finden waren und auf dieser das zweite Haus errichtet. Auf diese Weise fuhr man fort, bis fünf Häuser übereinanderstanden. Eine ansehnliche Pyramide war entstanden, fünf übereinander gebaute Häuser. Doch die Zeit musste beeindruckt werden, um sie damit zu bewegen, ob dieser einmaligen Neuerung nicht davonzulaufen.

Dass niemand wusste, wie man in die oberen Häuser gelangte, war vorerst ein kleineres Problem, es war nämlich vergessen worden, irgendwelche Stufen, Leitern, Treppen oder Durchbrüche bei den Plattformen einzubauen. Trotzdem musste das Problem auf längere Sicht gelöst werden. Wozu allein Mutter Natur in der Lage war. Links und rechts wurden Bäume gepflanzt, auf der linken Seite eine Sorte, die langsam wuchs, dafür aber mit der Zeit bis in die Wolken, sodass man über sie bis in das oberste Haus klettern konnte. Auf der rechten Seite wurden Bäume gepflanzt, die so schnell wuchsen, dass man zuschauen konnte, so brauchte man sich nur auf eine ihrer Kronen zu setzen und zu warten, bis sie die gewünschte Höhe erreicht hatte, dabei die schöne Aussicht genießend, wohl wissend, bald aus lichter Höhe auf die vom vielen

Denken kahl gewordenen Köpfe majestätisch huldigend hinabschauen zu können.

Morgenstund
Hat Gold im Mund.
Ein geschenkter Morgengaul
Hat nicht immer Gold im Maul.

9.
Seltsame unselige Verkettung

Uhlenspiegel wurde gewahrt, dass er den Bürgern, als das sind diejenigen von Schilda, seit geraumer Zeit nicht seine Aufwartung gemacht hatte. Der Himmel war grau, die kühle Luft an Regen übervoll, doch sollte ihn die triste Stimmung von seinem Vorhaben nicht abhalten.

Zunächst galt es, eine angemessene Weise herauszufinden, wie die Reise zu bewerkstelligen sei. Ihm fiel ein alter Schlitten ein, und wie er so nachdachte, kam ihm dazu noch das alte Holzschaukelpferd in den Sinn. So band er das Holzpferd auf den Schlitten, bestückte sich mit einigen runden Hölzern und begann, wie sich leicht vorstellen lässt, seine Reise. Dabei kam ihm zugute, dass das Gelände etwas abschüssig war. Die runden Hölzer vor dem Schlitten gelegt glitt er stückchenweise voran, sprang vom hohen Ross, seinen fahrbaren Weg einzusammeln um eben diesen, die runden Hölzer, wieder vor den Schlitten zu werfen. Bald kam ihm die Idee, ein jedes Holz mit einem Seil zu verbinden. Auf diese Weise brauchte er nur zu warten, bis der

Schlitten über Hölzer und Schnur gerauscht war, um nach hinten zu greifen und das Ganze mit elegantem Schwung wieder vor sein Gefährt zu schleudern.

Mit der Zeit entwickelte er eine Geübtheit, dass er eine Geschwindigkeit erlangte, mit der mitzuhalten selbst die Vögel in der Luft nicht imstande waren.

Auf besagte Art und Weise stürzte er auf den kleinen Ort Schilda zu. Die Bürger von Schilda staunten nicht wenig, als sie des seltsamen Gefährtes ansichtig wurden. Mit der Fortbewegung allein war es nicht getan, vielmehr galt es jetzt für Uhlenspiegel, das ganze zum Stehen zu bringen.

Was ihm nur dadurch gelang, dass sein Gefährt durch die Außenmauer des Rathauses schlug, und derart abgebremst direkt auf dem Tisch des Bürgermeisters zu stehen kam.

Uhlenspiegel hatte trotz des Schreckens als erstes nichts anderes zu tun, als einen weißen Bogen Papier zu nehmen, dazu einen Federkiel, den Bürgern von Schilda eine gehörige Rechnung zu schreiben:

Für das Herausbrechen eines Fensters erlaube ich mir, den Bürgern von Schilda, eine Rechnung von 100 Talern zu stellen. Den Betrag für die Reparatur meines Schlittens lasse ich gesondert zukommen. Mein Pferd aber erlaubt sich, eine Rechnung für 100 Kisten Äpfel und 50 Ballen Stroh, entgegenkommenderweise auch in bar zahlbar, vorzulegen.

Gezeichnet: Uhlenspiegel

Die Bürger zahlten gerne, mussten sie nun kein Licht mehr ins Rathaus bringen, den breiten, rotgeschwitzten Kopf ihres Bürgermeisters zum Leuchten zu bringen. Das andere aber zahlten sie in Naturalien, wollten sie doch ansichtig werden, wie sich ein hölzernes Pferd auf Stroh bettete und dabei die saftigen roten Äpfel verzehrte, die in gleicher Größe und Form, nur in geänderter Farbe, am anderen Ende wieder herauskommen würden. Wie sonst sollte es in der Lage sein, die gewaltige Menge an Obst zu vertilgen.

Uhlenspiegel hieß die Bürger von Schilda, sich am nächsten Tag auf dem Marktplatz zu versammeln. Eine neue Zeit sei angebrochen und er habe sich der Mühe unterzogen, den Fortschritt bis in den entlegensten Winkel der Erde zu tragen.

Was er anderen Tags den Bürgern von Schilda unterbreitete, ist schwerlich zu erraten. Bald waren alle Bürger von Schilda damit beschäftigt, sämtliche Bäume im sichtbaren Umkreis zu fällen und sie in armlange Stücke zu spalten.

Aus den Ästen wurden Schlitten gefertigt und als die Arbeit zur vollen Zufriedenheit von Uhlenspiegel gerichtet war, hieß der Schalk, sich erneut auf dem Marktplatz zu sammeln.

Eure Füße könnt ihr zur Ruhe betten, sagte Uhlenspiegel. Die Zeit, dass ihr mit diesen wertvollen Gebilden die schmutzige Erde berühren müsst, auf der eure Kühe ihr Geschäft verrichten, ist vorbei. Allein ist der Fortschritt noch nicht vollständig angekommen. Vielmehr bleibt es uns nicht erspart, die Bürgerschaft in zwei Hälften zu teilen. Ich schlage vor, die Unterteilung nach dem Geschlecht vorzunehmen, was sonst unterscheidet euch mehr, als diese Kleinigkeit.

Damit aber alles seine rechte Ordnung habe seien die Rollen zu tauschen, fuhr Uhlenspiegel fort. An den ungeraden Tagen sei die Reihe an den Frauen.

Doch von welchen Rollen, von welchen Reihen sprach Uhlenspiegel eigentlich?

Er meinte nichts anderes, als dass eine Rolle darin bestand, egal, welches Wetter es sei, auf dem Schlitten zu sitzen. Die andere Rolle bestand darin, nebenherzulaufen und die armlangen Baumstücke vor den Schlitten zu werfen, damit dieser ordentlich vorankam. Der Fortschritt aber bestand in dem Nichtstun, jedenfalls an den geraden oder den ungeraden Tagen, je nachdem, welchem Geschlechte einer zugehörig war.

Dass es am nächsten Tag umso mehr Arbeit bedeutete, denn die Baumstücke hatten ein gehöriges Gewicht, sei in Kauf zu nehmen. Jeder Fortschritt bringe ebenso kleinere Unannehmlichkeiten mit sich.

Uhlenspiegel besah sich das seltsame Schauspiel für eine Woche und beschloss, die Bürger von Schilda an einem weiteren Stück des Fortschritts teilhaben zu lassen. Es seien genügend Baumstücke vorhanden, um alle Wege damit auszulegen. So brauche es nicht länger der Anstrengung des Nebenherlaufens.

Er, Uhlenspiegel, habe hellseherische Fähigkeiten und die Zeit habe ihm erlaubt, in die Zukunft zu schauen. Dort habe er gesehen, dass sich die Menschen in nicht allzu weiter Zukunft nur noch auf rollenden Wagen nach überall bringen lassen. Dass sie jetzt keine Bäume mehr hatten, störte die Bürger von Schilda nur wenig. So könne man die Räuber rechtzeitig erkennen, die sich durch den Wald anschleichen. Und obendrein sei die Jagd erheblich erleichtert, denn wo sollten sich jetzt Wildschwein, Hase und Igel verbergen. Im Schlepptau des Fortschritts kommen eben viele kleine Annehmlichkeiten mit ins Land, was die Bedeutung uhlenspieglerischer Erfindung und folglich auch seine Entlohnung, gehörig vergrößerte.

Als nach einigen Tagen alle Baumteile wie ein verkeiltes Wollknäuel auf Marktplatz und Wegen lagen, dachte Uhlenspiegel, es sei an der Zeit, den beschaulichen Ort zu verlassen. Er ließ alle Schlitten zu einer riesigen Kette zusammenbinden. Da die Wege erst wieder herzurichten seien, würden die Schlitten für die nächsten Tage nicht benötigt. Dann ließ er aufladen.

Den Rest an Strohballen und Äpfeln, die sein hölzernes Pferd nicht vertilgt hatte und die angemessene Entlohnung für seine Erfindung. Zusammen in einer Menge, dass die 100 Schlitten nicht ausreichten, alles fortzutragen.

Nur, wie konnte er die seltsame Schlittenkette in Bewegung versetzen?

Ein Teil von euch muss mich ziehen!, rief Uhlenspiegel. Schließlich ist es euer Hab und Gut, dass ich fortbringen muss. Lasst uns jedoch den Vorteil nutzen, euch in zwei Hälften eingeteilt zu haben. Die Männer sollen die schwere Arbeit auf sich nehmen, die Wege herzurichten, während die Frauen ihn nach Hause ziehen sollten.

Das leuchtete selbst den Bürgern von Schilda ein. Vielleicht waren sie aber einfach nur froh, dieses seltsamen Gesellen verlustig zu gehen, selbst wenn es ihnen Hab und Gut und für eine Weile die Frauen kostete. Es war Sommer und die Hitze briet auf den Köpfen der Menschen. Uhlenspiegel aber saß auf seinem Schlitten, genoss den schönen Anblick – weniger die Landschaft, alle Bäume waren verschwunden – als mehr die rückwärtige Front aller Frauen von Schilda und labte sich an den aufgeladenen, kostbaren Speisen, in dem er von Zeit zu Zeit, einem wildgewordenen Floh gleich, von einem Schlitten zum nächsten sprang und zwischendurch seine zweibeinigen Pferd*Innen zur Eile antrieb.

Papier ist geduldig.
Doch manche Tinte bleibt ihm vieles
schuldig.

10.
Aus zwei mach (selbst) eins

Als Uhlenspiegel ein nächstes Mal nach Schilda kam, bemerkte er sogleich, dass der Stadt das Wasser bis zum Hals stand. Als ein kostbares Gut würde es ihnen aber nicht einmal bis zu den Fußsohlen stehen, denn das Stadt-säckel von Schilda war leer, leer wie die gewaltigen schwarzen Löcher, die durch den fernen Himmel kreisten und auf ahnungslose Opfer lauerten. Da sich Uhlenspiegel gut auf Gelddinge verstand, obgleich er darin nie eine Anleitung oder Ausbildung genossen hatte, erbot er sich, den Bürgern aus Schilda aus der misslichen Lage zu helfen.

Euer Stadtsäckel ist wie ein Weinfass, erklärte Uhlenspiegel. Auf der einen Seite schüttet ihr neuen Wein hinein, auf der anderen nehmt ihr ihn wieder fort. Wie soll sich das Fass füllen?

Wir können den Einlauf tüchtig vergrößern, schlug Uhlenspiegel fort.

Den Ausgang zu verstopfen, danach stand ihm nicht der Sinn. Es würde im übertragenen Sinn

auch das Weintrinken unterbinden, der Wein-
sauferei abspenstig zu werden konnte er niemanden zumuten, nicht sich und auch den Bürgern
von Schilda nicht.

Ihr habt einen tüchtigen Steuereintreiber
von Nöten, fuhr Uhlenspiegel fort. Mit solchen
Dingen habe ich Erfahrung. Was liegt näher,
mich diese Arbeit verrichten zu lassen.

Das leuchtete ein und Uhlenspiegel wurde zum
Steuereintreiber von Schilda bestimmt. Es galt,
noch ein wenig mehr Vertrauen für seine Person
zu gewinnen. Deshalb beschloss er, ein Exempel
zu statuieren.
Er griff nach seinem Beutel und schüttete seinen
gesamten Besitz auf den Tisch.

Ihr nehmt vier Teile von dem Ganzen an
Steuern, sagte Uhlenspiegel. Wie soll sich euer
Steuersäckel füllen? Ihr müsst sieben Teile
neben! Bald wird sich eure Situation anders
ausnehmen.
Vor den erstaunten Augen der Bürger von
Schilda nahm Uhlenspiegel sieben Teile von
seinem eigenen Besitz und legte sie in das
Stadtsäckel. Dass es seine Aufgabe war, das
Stadtsäckel zu verwalten, was denn auch aus

gutem Grund eine Beaufsichtigung beinhaltete, soll hier nicht weiter erwähnt werden.

Und warum treibt ihr die Steuern nur einmal im Jahr ein? Steht die Sonne nicht auch an jedem Tag auf? Macht es wie die Sonne, bald wird euer Stadtsäckel mit ihr um die Wette strahlen.

Auf diese Weise trieb Uhlenspiegel die Steuern ein, Tag für Tag, jeden Tag sieben Teile vom Rest, den der Vortag übriggelassen hatte. Da er so beschäftigt war, kam er nicht mehr dazu, bei sich selbst Steuern einzutreiben. Seine Zeit reichte eben, sich die sieben Teile zurückzuholen, die er am Anfang sich selbst abgezwackt hatte. Außerdem hatte er mit dem Bürgermeister seine Belohnung ausgehandelt, alle Steuern, die er an ungeraden Tagen eintrieb, als Entlohnung zu behalten. Die Steuern der geraden Tage kamen dem Stadtsäckel zugute.

Da die Eins eine ungerade Zahl ist, wurde der erste Steuersatz immer an einem ungeraden Tag erhoben. Trotzdem begann das Steuersäckel, sich langsam zu füllen. Stolz waren die Bürger darauf, vergaßen darin die gewonnene eigene Armut, der Stolz auf ihre reicher werdende Stadt ließ sie die Armut vergessen.

Als der Haufen der Einnahmen nicht mehr zu vergrößern war und die Bürger von Schilda einem Abbild der sieben mageren Kühe glichen, die der Jüngling Josef vor vielen 100 Jahren im Traum geschaut hatte, beschloss Uhlenspiegel, sein Augenmerk auf die Ausgabenseite zu werfen.

Bürger von Schilda, hob er an, mit viel Mühe haben wir uns die Steuern abgepresst, unser aller geliebtes Stadtsäckel wieder zu füllen. Wozu die Mühe, denn wir alles wieder mit offenen Händen zum Fenster rauswerfen, selbst wenn euer Rathaus, das doch keine Fenster kennt, noch am meisten auf die Straße schleudert. Es beschämt mich, muss ich diese drastischen Worte wählen.

Warum alles Geld euren Beamten irgendwo reinstecken, die während der Hälfte des Tages nichts anderes anstellen, als auf ihrem Hinterteil zu sitzen, das es infolge der Sitzerei und Mästerei auf ein Leichtes mit dem hinteren Ende eurer Ochsen aufnehmen kann. Wer bezahlt euch für das Herumsitzen und das garstige Aushecken der vielen Bosheiten, mit denen ihr euch gegenseitig malträtiert und plagen lasst. Wir können getrost die Hälfte des Ganzen abschaffen, es bleibt immer noch ein ganzes Teil über, das arbeitet.

Die Bürger von Schilda nickten einhellig. Auf der Woge ihrer Zustimmung fuhr Uhlenspiegel fort:

Wir werden zusammenlegen. Das Zauberwort heißt: Zusammentun! Alles wird leichter und billiger. Als Erstes werden wir nur noch einen halben Polizisten und einen halben Richter behalten. Wie soll das zugehen?, werdet ihr denken. Können wir doch nicht einhergehen, den Polizisten und Richter von oben bis unten in Hälften zu teilen und von jedem eine Hälfte zu etwas Neuem zusammenfügen.

Es ist einfacher, als ihr meint, weil die Lösung in mir steckt. So vergesst nie, wie gut ihr es hattet, weil ich so viel auf mich genommen habe und erzählt davon tüchtig euren Kindern, dass ich in ihren Köpfen weiterlebe, selbst wenn meine alte Hülle bereits unter euren, das saftige Gras abweidenden, Kühen ruht.

Ich lege hiermit fest, dass wir euren Polizisten und euren Richter entlassen. Sie sollen auf der Weide helfen, damit ihr im Winter vor einem größeren Butterberg sitzen könnt als jemals zuvor. Ich aber werde zur Hälfte euer neuer Polizist und zur anderen Hälfte euer Richter.

Aber entscheidet selbst, ob meine rechte oder meine linke Hälfte Polizist sein soll und entsprechend meine linke oder rechte Hälfte das Richteramt ausüben soll. Dafür zahlt ihr mir jedoch nur die Entlohnung für eine Person. Seht ihr, welch feine Ersparnis auf euch zukommt?

Alle nickten. Die Bürger von Schilda verstanden, und sie verstanden nicht, ahnten nicht, was durch die Zusammenlegung auf sie zukam. Die Kühe gaben kaum noch Milch – unter den seltsamen Methoden eines ausgedienten Richters und Polizisten weigerten sie sich, dass weiße Nass weiter herzustellen, seien sie es doch Leid, unter Zwang zu arbeiten und ebenso das ständige täglich neue Abwägen leid, wieviel Milch sie diesmal am Tage produzieren durften.

Sie weigerten sich gar, weiter zu fressen, stellten freiwillig ihre liebste Verrichtung ein, sodass die Bürger von Schilda sich genötigt sahen, den ehemaligen Richter und den ehemaligen Polizisten auf eine entlegene kahle Insel zu verbringen, wo sie keinen Schaden mehr anrichten konnten.

Uhlenspiegel aber verrichtete seine Tätigkeit mit einem Eifer, dass man meinen konnte, seine Person sei aus zehn dienstbeflissenen Richtern und ebenso vielen eilfertigen Polizisten zusammengekettet worden. Er verhaftete, kerkerte ein, verurteilte, begnadigte, verurteilte von Neuem, widerrief zugesagte Begnadigung, dass es für den alten Richter eine Freude gewesen wäre, diese Geschäftigkeit zu sehen.

Im Zusammentun hatte tatsächlich die wundersame Lösung gesteckt. Die Ausgaben halbierten sich und Uhlenspiegels eine Hälfte verstand sich mit der anderen so ausgezeichnet, dass nicht wenige Male der Gendarm in ihm bereits tätig wurde, noch bevor seine juristische Hälfte dazu Auftrag erteilt hatte. Da Uhlenspiegel Kraft seiner Person bzw. Kraft seines Amtes den Kindern vom ersten Lebenstag an das Schreien untersagte und ebenso den Frauen das laute Schwatzen und allen Männern das ungebändigte Schnäuzen, Spucken und Rülpsen, kehrte bald eine himmlische Ruhe in Schilda ein.

Auf dem Marktplatz ließ er eine gewaltige Statue von sich errichten, mit zwei Gesichtern wie ein siamesischer Zwilling, das eine mit Argusaugen auf Schilda hinabblickend, das andere in eisiger Miene gegossen, dass es manchen braven Bürgern von Schilda selbst im

Sommer fröstelte, kamen sie an dem ehrfurcht-
gebietenden Denkmal vorbei.

Natürlich durfte selbiges nicht kostenfrei geschehen. Wer an dem Denkmal vorüberschritt,
hatte den Obolus von einem Taler in den Opferkasten zu entrichten, den Uhlenspiegel von der
Kirche zum Marktplatz bringen ließ. Und Uhlenspiegel erließ Verordnungen, deren Einhaltung
unvermeidlich dazu führte, dass jedes Wesen,
das sich in Schilda aufhielt, wenigstens einmal
am Tag an seinem Denkmal vorbeikommen
musste.

Mit der Zeit wurde es Uhlenspiegel seiner
eigenen Willkür überdrüssig. Ihm überkam das
misstrauische Gefühl, die Bürger von Schilda
brachten ihm insgeheim nicht das geringste Maß
an Respekt und Ehrerbietung entgegen, das ihm
ob seiner Würde, Arbeit und selbstloser Auf-
opferung zukam. Deshalb ließ er das steinerne
Denkmal abtragen und die eine Hälfte auf einer
stillen Waldlichtung, die andere auf der Spitze
des höchsten Berges wieder errichten. An der
ehemaligen Stelle auf dem Marktplatz ließ er ein
gewaltiges tiefes Loch graben, damit den

Bürgern von Schilda für alle Zeit vor Augen kam, welch großen Verlust sie erlitten hatten.

Denn am nächsten Tag war er verschwunden, samt Amt und Würde, samt Opferkasten, auch samt Steuern, die er sich doch in schonungsloser Selbstkasteiung zuerst mit beispiellosem Vorbild selbst, wenn auch nur vorübergehend, abgepresst hatte.

Reisen bildet...
Eine große
Naturkatastrophe.

11.
Süßes nachweihnachtliches Dekret

Das Weihnachtsfest mit seinen Gelagen war zu Ende, ausschweifender als die Jahre zuvor, mehr Tannenbäume geköpft, mehr Weihnachtsengel gekommen und vom Marktplatz wieder zwecks Abflugs gestartet und auch die vielen Rentiere der unzählbaren Schar an St. Claus hatten sich in den umliegenden Wäldern verflüchtigt.

Niemand hatte an die Folgen gedacht, sie wurden auch erst offenkundig, als der Bäcker die Hälfte seines Handwerks, Kuchen zu backen, nicht mehr ausführen konnte. Es fehlte überall an Zucker, jedes süße, weiße Körnchen war dem ausschweifenden Weihnachtsfest zum Opfer gefallen.

Nun war süßer Rat teuer, denn was ist ein Leben, besonders am Nachmittag oder sonntags, ohne Kuchen. Vielleicht lag die Lösung in einem anderen Problem. Denn im Winter war zu wenig Salz verbacken worden, wie auch in dieser süßen Jahreszeit, und deshalb drohten die Salzspeicher aus ihren Nähten zu platzen. Nun ist es vom Salz bis zum Zucker nur ein kleiner Weg, wie jeder weiß, der sich in der Küche nicht an der Köchin, sondern am Salzfass versehentlich vergriffen hat. Beides vom Aussehen nicht zu unterscheiden und bedurfte es nicht einigermaßen geschulten Geschmacks, wie er nur in Schilda vorkam, um beides zu unterscheiden? Vielleicht pflegte man draußen in der großen weiten Welt einfachheitshalben keine Unterscheidung zu machen.

Wir sind zu anspruchsvoll geworden, dachte der Bürgermeister, wer konnte es sich sonst erlauben, Salz und Zucker zu unterscheiden. Aber das Rad der Geschichte ließ sich nun einmal nicht zurückdrehen, er musste damit leben, dass sein Dorf nur aus Feinschmeckern bestand.

Indes erklärte es ihnen den hohen Preis des Zuckers, den die fremden Händler verlangten. Es konnte doch nicht anders sein, als dass sie unter unerträglichen Mühen gleichwie ein geweißtes Aschenputtel die süßen Zuckerkörnchen aus den großen Salzbergen heraussuchten.

Diese Überlegung führte ihn gefährlich weit, nämlich das nächste Weihnachtsfest zu streichen, das Stadtsäckel sei ohnehin leer und der süßen Laster müsse endlich ein Ende haben. Hier hielt er jedoch inne, um sich zunächst des augenblicklichen Problems weiter anzunehmen. Er wusste, dass der Imker des Dorfes über einen beträchtlichen Honigvorrat verfügte, den er jeden Frühling auf die Blüten strich, den Bienen die Arbeit zu erleichtern. Diese müssen ähnlich alt wie er sein, 80 Jahre, da sie jedes Jahr kamen und hatten sie es in ihrem beschwerlichen Alter nicht verdient, sich ein bisschen weniger abzumühen?

Wenn der Imker einmal auf diese Prozedur verzichtete, könne man jedes Salzkörnchen mit Honig einpinseln, es müsste mit sonst jemanden zugehen, wenn es nachher nicht wie Honig, jedenfalls süß, schmeckte. Die Farbe schien ein kleineres Problem, man hatte von braunem Zucker gehört, die Farbe dunkel, weil er in braunen Rohren transportiert wurde, und würde den Salzhonig einfach zum braunen Zucker deklarieren.

Das Unterfangen scheiterte jedoch, da sich kein Pinsel finden ließ, der fein genug war, ein Salzkörnchen mit Honig einzukleistern.

So beschloss der Bürgermeister, ein Dekret zu erlassen, dass ab sofort das Salz zu Zucker zu erklären sei. Ein jeder habe sich beim Verzehr an den früheren Geschmack zu erinnern und es war bei Strafe verboten, sich nicht an den vergangenen süßen Geschmack zu erinnern oder etwa eine böse Miene beim Essen zu ziehen.

Da er aber ein fürsorglicher Landesvater war und sich Herr über kluge Untergebene wusste, war er gnädig, dem Anlass eine Erklärung beizufügen:

Der Zucker sei diesmal über einen anderen Weg gebracht worden, der gefährlich und unzulänglich war. Man habe aber keine Kosten und Mühen für die Bürger des Dorfes gescheut. Nur sei bei der wackeren Fahrt der Zucker so emsig geschüttelt worden, dass von jedem Körnchen die Hülle abgeplatzt war und er in diesem Jahr deshalb etwas anders zu schmecken geruhe. Zwar habe man sich der Mühe unterzogen, die abgeplatzten süßen Hüllen aufzulesen und die weißen Körnchen wieder hineinzustecken. Dies sei aber eine nicht unerhebliche Arbeit, da jedem Körnchen die passende Hülle zuzuordnen sei, weil man es sonst zuvor auf die genaue Größe zurechtstutzen müsse. Man sei aber guter Hoffnung, wie eben auch Frauen manchmal guter Hoffnung sind, bis zum nächsten Weihnachtsfest mit der Arbeit fertig zu sein.

Bis dahin möchte jeder mit dem Ersatz leben und an die guten Zeiten wie auch die guten Zutaten gedenken, die man früher hatte und die, so wahr er Bürgermeister ist, nach gemeinsamer Anstrengung bald wieder ihren Ort im positiven Sinne heimsuchen würden.

Und so geschah es, nicht was die guten Zeiten betraf, denn diese lassen sich nicht so einfach von einem Bürgermeister befehlen, so geschah es vielmehr mit dem verordneten Ersatz.

Probieren
Geht über Studieren.
Bei manchen besteht das Studieren
Nur aus, Fremdes zu probieren.

12.
Tod ohne Ende

Als Uhlenspiegel eines Morgens, so recht verdrießlich und schwarz gekatert von einem nächtlichen Gelage, vor dem Spiegel stand, überkam ihn, gewiss nicht zum ersten, vielleicht jedoch zum letzten Mal, ein seltsamer Gedanke. All die Jahre hatten an ihm gehörig genagt, gewaltige Täler in seinem Gesicht hinterlassen, die Knochen wie löchrigen Käse angeknabbert, die Adern zu ausgebeulten Weinschläuchen verwandelt, in denen das Blut träge hin und her schwappte und es nur noch mühsam bis zum höchsten Punkt, dem Kopf, schaffte.

Alles im Leben braucht eine Übung, dachte Uhlenspiegel, um so recht vollkommen zu gelingen. Dabei dachte er an die Schausteller auf dem Jahrmarkt, denen er begegnet war, die ihm in die Geheimnisse der Bühne eingewiesen hatten. Man brauche nur einen kurzen effektvollen Beginn und ein ebenso kurzes, überraschendes Ende, - auf die mühselige lange Mitte der Schauspielstücke lohne es sich nicht, zu viel Mühe zu verwenden. Und es sei ein effektvoller

Abgang zweckmäßig, in den Köpfen der Gaffenden hängenzubleiben.

So brachten diese Schausteller den größten Teil ihres Lebens mit Übungen zu, die seltsamsten Verrenkungen zu vollziehen, mit denen sie am Ende ihrer Darbietungen vor das applaudierende Publikum treten wollten.

Auch das Ende muss geübt sein, sagte Uhlenspiegel zu sich, vielleicht mehr als alles andere. War nicht auch das ganze Dasein nichts anderes als eine große Bühne, wo gelacht, gegafft, gelogen und betrogen wurde, den Sinn von den banalen Widrigkeiten des Alltags abzulenken. Und ohnehin. Wer wisse schon, wohin die Reise ging, nach dem Auftritt auf dieser Bühne, vielleicht würde man in jener anderen Welt, die nach dem Tod kam, in einen neuen Stand eingesetzt, der nur davon abhinge, mit welchem Abgang man sich von dieser elenden irdenen Bühne verabschiedet hatte. Nach Sterben war dem Uhlenspiegel noch nicht, es konnte aber nicht schaden, für dieses Ereignis zu proben, um vorbereitet zu sein, wenn Gevatter Tod in der Tür erschien, sein Handwerk zu verrichten.

Reumütig machte er sich auf den Weg, welcher Ort war besser geeignet als Schilda. Die Bürger von Schilda wussten, wie dem Tod zu begegnen sei. Die Häuser hatte man schlichtweg nur deshalb ohne Fenster und Türen gebaut, damit der Tod nicht eintreten konnte. Und sollte es ihm doch gelingen, war es drinnen dunkel wie eine Bauchhöhle, dass er niemanden finden konnte und am Ende noch selbst in der Dunkelheit jämmerlich zu Grunde gehen würde.

Am nächsten Morgen erreichte er Schilda, das Wetter war für diesen merkwürdigen Anlass prächtig hergerichtet, überall schwarze Regenketten, aus denen es unentwegt Tränen regnete.

Ich habe euch manchmal übel mitgespielt, begann Uhlenspiegel seine Rede auf dem Marktplatz, auf dem nicht wenige Bürger von Schilda stehen geblieben waren in neugieriger Erwartung, welches Ansinnen dieser seltsame Geselle diesmal vorzubringen hatte.

An mir nagt der Tod, fuhr Uhlenspiegel fort und seine Augen tränten mit den Regenwolken um die Wette, überall nagt er, an meinen Knochen, meinen Händen, an den Augen, selbst an den Haarspitzen, wo er bereits gierig die wundervolle weinrote Farbe herausgesaugt hat und ein übles Grau zurückgeblieben ist.

Ich muss gestehen, er nagt auch an meinem Gewissen, fuhr Uhlenspiegel mit tränenerstickter Stimme fort, all die üblen Taten, die ich begangen habe, werde ich ins Grab nehmen müssen.

Er müsse sich schon jetzt bei den Friedhofsgräbern entschuldigen, für all diese Dinge ein vielfach größeres Grab ausheben zu müssen, all die üblen Taten, eine Last derart schwer, dass Sorge zu tragen ist, ob der Sarg wegen der unerträglichen Last nicht schlichtweg durch die Erde brechen werde, um am anderen Ende der Kugel wieder zum Vorschein zu kommen.

Trotzdem habe ich beschlossen, Reue zu üben und für alles gerade zu stehen, besser gesagt, gerade zu liegen, im Allgemeinen wird einer bekanntermaßen hingelegt, wenn es gilt, die Reise unter die Erde anzutreten.

Als Zeichen meiner Reue werde ich mich vorher in das Grab legen, bevor der Tod seine schreckliche Arbeit zu Ende gebracht hat. Der Himmel, vielleicht wird er bei diesem Anblick meiner Reue gedenken, dass ich nicht geradewegs in das Fegefeuer der Hölle muss.

Die Bürger von Schilda staunten nicht wenig. Einige bekundeten ehrerbietig ihre Hochachtung vor dieser Art der Bußfertigkeit, die noch nie an ihre Ohren gedrungen war.

Allerlei Ansinnen wurden vorgebracht, wie mit dem Tod zu verhandeln sei, damit er von Uhlenspiegel abließ. Sie, die Bürger von Schilda, waren bereit, ihre schönste Kuh zu opfern, an dieser könne der Tod nach Lust und Laune knabbern, wenn er mit solcherlei schlechten Scherzen bei dem armen bußfertigen Sünder abließ.

Ich danke euch, sagte Uhlenspiegel huldvoll, einen solchen Tausch kann ich aber nicht zustimmen. Jeden Morgen werdet ihr an eure treue, teure Kuh denken, an ihre wundersame Milch, wenn ihr stattdessen die stinkende weiße Suppe einer Ziege trinken müsst. Und erst beim Festschmaus! Wenn euch ein zähes Fleischstück im Hals stecken bleibt, wird euch noch als letztes Bild eure teure Kuh erscheinen, ihre zarten Flanken, die auf eurem Gaumen wie Honig zerflossen wären. Im Übrigen habe ich bereits alles vorbereitet.

Auch mit dem Tod sei er sich einig geworden. Gemeinsam hätten sie eine prächtige Eiche ausgesucht, wo er, Uhlenspiegel, seine letzte Ruhestätte haben werde.

Meine ewigen Tränen werdet ihr hören, kommt ihr an diesem Baum vorbei, wenn der Wind mit den Blättern raschelt und auf diese Weise werdet ihr nie vergessen, dass ich so manches Mal, zu beider nutzen, euch heim..., will sagen euer Heim heimgesucht habe.

Uhlenspiegel wusste, dass der Bürgermeister von Schilda zwecks seiner Amtsgeschäfte weite Reisen durch wundersame Länder unternommen hatte. Stattliche Löcher hatten diese Reisen in den Steuersäckel gefressen, dafür stand den Bürgern von Schilda ein Mann von Welt vor, der in weinseligen Stunden die unglaublichsten Geschichten zu erzählen wusste.

Und Uhlenspiegel wusste sehr wohl, dass die runde Figur des Bürgermeisters wie ein unermüdliches Perpetuum mobile unentwegt darauf drängte, in den Mittelpunkt zu gelangen.

Auf einer meiner Reisen, begann der Bürgermeister seine salbungsvolle Rede, und jetzt seht ihr einmal mehr, welchen Nutzen ihr habt, dass ich diese beschwerlichen Reisen auf mich genommen habe, auf einer dieser Reisen bin ich einem Volk begegnet, das einen riesigen Steinberg, spitz und hoch, erbaut hat, um einen Toten zu begraben. Dieses Volk wisse von der geheimnisvollen Reise, die jeder Tote anzutreten habe und deshalb werden die unterschiedlichsten Beigaben ins Grab gelegt, dem Toten die Reise recht angenehm zu machen: der beste Wein, Brot und Wurst für einige Wochen, denn so lange würde die Reise auf jeden Fall dauern, kostbare Gewänder für die Feste, die es unterwegs zu feiern gab und Gold, die missgelaunten Ungeheuer, denen man auf einer solchen Reise begegnet, zu besänftigen.

Und von jedem das Doppelte, warf Uhlenspiegel ein, vergesst nicht, dass ich noch nicht tot bin, wenn ihr mich ins Grab gelegt. So brauche ich für die letzten Lebenstage eine Extraportion von allem.

Warum solle auch er nicht an etwas knabbern, während der Tod an ihm knabberte.

Von jedem das Doppelte…, stockte der Bürgermeister und ihm schwante, dass ihn die Erinnerung an jene Reise zu einem schlechten Zeitpunkt gekommen war. Schon dachte er heftig nach, wie aus der Sache unbeschadet herauszugelangen sei, dicke Schweißperlen rannen seine wulstigen Backen hinunter, und Uhlenspiegel merkte, dass es galt, schnell etwas nachzulegen, um den eigenen Tod zu sichern.

Ich verstehe, dass es dir den Angstschweiß ins Gesicht treibt, denkst du an meinen schweren Weg, rief er dem Bürgermeister zu. Und vielleicht lässt dein Edelmut in dir den Gedanken aufkommen, wie mir dies alles zu ersparen sei. Aber vergiss nicht: der Geist ist willig und das Fleisch ist schwach. Lasst ihr mich lebendig davonkommen, kann es passieren, dass die Reue meinen Geist verlässt und es im Fleisch meiner Finger wieder zu zwacken beginnt, einen neuen Schabernack mit euch anzustellen.

Mehr brauchte er nicht auszuholen, brauchte keine der vielen üblen Taten aufzuzählen, um den Bürgern von Schilda klarzumachen, dass sie in eine teure Angelegenheit hineingeraten waren, sie aber für alle Zeit in ungetrübter Ruhe würden leben können.

Man vereinbarte, dass bis zum nächsten Tag alle erforderlichen Reiseutensilien, Speck, Käse, Wein, seidene Gewänder, Goldtaler und dergleichen mehr, zur Eiche zu bringen sind, um alles in das Grab, das Uhlenspiegel, er wollte ihnen keine zusätzlichen Umstände bereiten, bereits ausgehoben hatte, um alles mitsamt dem Uhlenspiegel in die Gruft zu legen.

So geschah es. Es wurde, wie es die Üblichkeit gebot, eine feierliche Zeremonie abgehalten. Der Bürgermeister bestimmte sich selbst zum hauptsächlichsten Redner und schüttete kübelweise Höflichkeiten auf den Dahinscheidenden. Zu loben seien sein Ideenreichtum, seine höflichsten Umgangsformen, er habe den Bürgern von Schilda ihren Horizont gewaltig erweitert, habe Altes niedergerissen, sodass für Neues Platz wurde, und habe, woran in einer solchen Stunde besonders zu denken sei, ihnen die Nichtigkeit des Reichtums vor Augen geführt, indem er sie nicht nur einmal von diesem überflüssigen Tand befreit habe. Selbst jetzt, in der Stunde seiner höchsten Not, habe er sich erboten, diesen schon wieder angesammelten Mammon als Last mit in die Grube zu nehmen.

Als die huldvolle Rede geendet hatte, stieg Uhlenspiegel ohne ein Wort des Abschieds in den Sarg, hieß den Deckel zu schließen und, wie es verabredet war, tüchtig Erde auf das Ganze zu werfen. Auf keinen Fall dürfe sich jemand

erdreisten, angefacht von einer zu verabscheu-
enden Neugier, alles rückgängig zu machen. Er
könne seiner Nachwelt beim besten Willen nicht
garantieren, einen schönen Anblick zu bieten,
nachdem der Tod an ihm tüchtig bis zum Ende
genagt habe.

Das Schicksal wollte es, dass keine zwei Wochen
später ein heftiger Sturm über Schilda hinweg-
zog, hier und dort Ziegel von den Dächern riss,
als wolle er nachsehen, ob ein jedermann,
natürlich auch eine jede Frau, im rechten Bette
lag, nebenher einige Pferdefuhrwerke durch die
Luft wirbelte und zu guter Letzt die riesige alte
Eiche zum Umsturz brachte, als wolle er ebenso
an diesem Platz nachschauen, ob dort alles mit
rechten, wenn auch toten Dingen zuginge oder es
dort gar einen Schatz zu heben galt.
Das Entsetzen war groß, als am nächsten Tag die
ersten Bürger von Schilda den Ort passierten.
Die Wurzeln der alten Eiche hatten Uhlenspiegels Sarg wieder ans Tageslicht gebracht. In
majestätischer Ruhe thronte das hölzerne
Gebilde am Fuße des umgestürzten Baumes. Es
brauchte nur eine kurze Weile, bis auch der

Bürgermeister den schrecklichen Ort erreicht hatte.

Niemand traute sich, den Sarg zu öffnen. Vielmehr wurde zaghaft auf das Holz geklopft, um auf diese Weise kundig zu werden, ob Uhlenspiegel noch lebte und ihr Zeichen erwidern würde. Plötzlich, wie von wundersamer Hand, flog der Sargdeckel auf. Dies war jedoch keiner wundersamen Hand, sondern einem letzten Windstoß geschuldet, denn dem Sturm war es schlichtweg zu bunt geworden und er wollte selbst dessen ansichtig werden, was er ans Tageslicht befördert hatte.

In dem purpurnen Seidenausschlag lag ein Skelett, dessen Umrisse selbst ein Wind imstande war, einem Hund zuzuordnen.

Er war ebenso ein rechter Hund, spottete einer der anwesenden Bürger von Schilda, nachdem sich alle von dem Schrecken erholt hatten, am Ende komme alles, wie es zu seiner richtigen Ordnung gehöre und dazu noch an das hell leuchtende Tageslicht der Sonne.

Halt dein Maul oder ich stopfe dir meine Faust hinein, schalt ihn der Bürgermeister. Keiner hat das Recht, einen Toten zu verspotten, zumal der Dahingegangene, betrachte man es in der

120

rechten Weise, ein Ehrenbürger für Schilda gewesen sei.

Indes sei die Erklärung einfach, fuhr der Bürgermeister fort. Auf seinen wundersamen Reisen habe er ein Land befahren, in dem die Bewohner herausgefunden hatten, wie es sich mit dem Leben, besonders dem selbigen nach dem Ableben, verhielt. Alles ist ein endloser Kreislauf aus Werden und Vergehen und in der nächsten Runde könne es sich durchaus zutragen, dass man als ein Tier wieder in diesen Kreislauf zurückkehre. Allerdings sei auch er erstaunt, dass Uhlenspiegel in dieser kurzen Zeit den stattlichen Vorrat verzehrt hatte und doch nur ein mageres Skelett übriggeblieben war. Aber was solle einer auch anderes machen, wenn er den ganzen Tag im Sarg liegt, um ihn herum all die köstlichen Dinge, als zu essen, zu essen und immer wieder zu essen. Da Uhlenspiegel aber die Goldtaler auf seiner Reise durch die Totenwelt mitgenommen hatte, müsse es niemandem um ihn bange sein. Damit ließe sich gut leben, bis er im Himmel angekommen ist, wo es dann Goldtaler in Hülle und Fülle gab, anders als in der Hölle, wo es alles in fülliger Unfülle ohne Hülle geben sollte.

Seit dieser Zeit wurde den Hunden von Schilda eine besondere Ehrerbietung zuteil. Das machte auch die Einwohner von Schilda zu Bürgern von Welt.

Im Pfefferland gab es die Kühe, im Land der Spitzengrabhügel die Schlangen und Kamele, jedes Land von Welt brauche ein Tier, sich damit zu identifizieren und was lag näher, in Schilda dafür die Hunde auszuwählen.

Nicht wenige meinten, Uhlenspiegels Blick zu erkennen, wenn sie an zukünftigen Tagen in die Augen eines Vierbeiners blickten und so verwandelte sich Schilda in ein Paradies für Hunde einer jeden Art, den großen ebenso wie den kleinen, den elendig dahinkriechenden wie den stolz aufrecht gehenden, den vierbeinigen ebenso wie den zwei- bzw. kurzzeitig dreibeinigen. Ergab es sich aber, dass man einem Hund alleine begegnete, geschah es nicht selten, dass diesem Vierbeiner unter Ausschluss der Öffentlichkeit und in Erinnerung der verlorenen Goldtaler ein gehöriger Tritt in den Aller-wertesten versetzt wurde.

Uhlenspiegel ficht es nicht mehr an. Er genoss die ihm mitgegebenen Köstlichkeiten und nutzte die Goldtaler, wozu sie eben am dienlichsten sind, für ein Leben, sagen wir neutraler, ein Dasein in Saus und Braus. Wo sich dieses Leben abspielte, von einem, an dem doch bereits der Tod gehörig geknabbert hatte, das ist eine andere Geschichte, von der, so das Schicksal es will, zu einer anderen Gelegenheit zu berichten sein wird.

Das steht dann in einem anderen Buch geschrieben, doch Bücher, die gibt es überall auf der Erde, selbst in Schilda und schon gar im geheimnisvollen Himmel. Überall, nur nicht in der Hölle, weil im Meer der unendlichen Flammen die schwarzen Schatten des Geistes es auch nicht eine Sekunde auf dem blü(u)tigen Weiß des Papiers ausgehalten hätten.

Schuster bleib bei deinen Leisten.
Nicht alle können sich das leisten.

Ausleitung/Nachleitung/Nachsinn(en)

PS.3 (Pardon, aber aller guten Dinge sind drei, aber lesen Sie besser nicht nach, woher dieser Ausspruch kommt).

Der S(in)n ist gewissermaßen in. Oder: Im **Sinn** steckt das „**in**". Oder neudeutsch: Es ist in, wenn in einer Sache Sinn steckt. Wir sind in, wenn in uns Sinn steckt. Manche meinen jedoch, sie sind in, wenn in ihnen Unsinn steckt.

Egal. Denn dieses „**in**" ist vom **Sinn** geflüchtet, hat sich tückischer Weise überall im Leben (zumindest sprachlich) versteckt, selbst in solch banalen und scheinbar widersinnigen Sätzen wie: Ich gehe gern **in** die Schule.

Ergibt es Sinn, wenn jemand sagt, er gehe gern **in** die Schule? Wird dadurch die Schule gewissermaßen **in**?

So wird deutlich, zu welchen widersinnigen, und nur zwischen den Zeilen erkennbaren, Verdrehungen es kommen kann, wenn sich nur ein Teil (ein Teil**sinn**?) vom Sinn (das „**in**") zwischen normalerweise harmlosen Wörtern (gern, Schule...) versteckt.

PS.4. Im **S**i**nn** steckt auch das **Inn**. Inn bedeutet im Englischen offensichtlich Herberge oder Pub. In einem Fastfood-Restaurant macht ein Drive-In sicherlich Sinn. In einem Hotel ergibt ein Drive-In keinen Sinn. Denn wer würde zu einem Hotel im Sinne eines Drive-In fahren? Im Zimmer zu übernachten, ohne aus dem Auto auszusteigen? Aber es soll für sehr viel Geld bereits Hotels geben, in denen sie mit Ihrer Nobelkarosse bis ins Zimmer fahren können. Sozusagen ein Drive-In in einem Drive-**Inn**. Vielleicht gibt es bald auch Drive-In Hotels, wo Sie in Ihrem Auto und nicht im Zimmer übernachten. Frühstück und die Dusche werden Ihnen ans Auto gebracht....

PS.5. Im Sinn steck auch der **Inn**. Ein Fluss. Ergibt dies **Sinn**? Ein Sinn, der wie ein Fluss fortfließt? Sofort stellt sich die Frage, warum fließt der Sinn (nicht erst im Alter) von uns fort. Findet er hier keine(n) Partner? Sollten wir dem **S**i**nn** folgen?...

PS.6. Mit Hilfe selbst auszufüllen.

Vielleicht denken **Sie** ans „**Si**", das auch im **Sinn** steckt. Si, das Ja, ein Ja**Sinn**, ergibt dies **Sinn**? Ein Sinn, der nur das Ja kennt?

PS.7. Ohne Hilfe selbst auszufüllen...

PS.8. Ohne Hilfe auszufüllen ..

PS.9. Ohne (was?) auszufüllen

PS.10. ...

Wer A sagt muss auch B sagen…
Zwangsunterricht für Erstklässler.

Inhaltsverzeichnis

Goldfährlicher Traum   1

Nichts (–) macht glücklich   2

Geld stinkt (nicht)   3

Weis(s)e tragbare Öfen   4

Märchenhafter Alltag   5

Trockenübung   6

Die schwarze qualmende Rose   7

Hausgestapelte Zeit   8

Seltsame unselige Verkettung   9

Aus zwei mach (selbst) eins   10

Süßes nachweihnachtliches
                Dekret   11

Tod ohne Ende   12

Biographie

Ich wurde in Berlin geboren. Nach dem Abitur in Berlin habe ich Medizin in Berlin und München studiert und war nach meinem Studium ca. 40 Jahre in der Medizin tätig. Seit Ende 2023 bin ich berentet. Während meiner Berufstätigkeit habe ich nebenher eine Reihe von Manuskripten verfasst, ein Jugendbuch, Kinderbücher, Romane und Gedichte.

Einige sind seitdem über einen Self-publishing-Verlag veröffentlicht worden.

Neben einer Reihe anderer Veröffentlichungen hat der Autor auch folgende Gedicht- und Prosabände veröffentlicht:

Uhlenspiegel bei den Schildbürgern
Uhle 1, Uhle 2, Uhle 3

Der Einzelkämpfer Uhlenspiegel, mit der Armee seiner schalkhaften Gedanken bewaffnet, trifft auf ein Dorf voller Schildbürger, die eher weniger oder sagen wir eher mit anderen Gedanken bewaffnet sind.
(Band 1 - 3)

Die Christyllische Weihnacht –
Weihnachten wie immer (und) anders

27 Kurzgeschichten mit je einem Bild, zu jedem Tag vom 1.-26. sowie 31. Dezember; sehr abwechslungsreiche Geschichten von Weihnachten im Kaufhaus, bei den Schildbürgern, in einem neuen Märchen, als Science-Fiction und Weihnachtsgeschichten zur Zeit der Geburt Jesu. So abwechslungsreich, dass für jeden und jedes Alter etwas dabei ist (auch in Englisch erhältlich.

Schwarzbart's kandidelte
Adventsgeschichten

Der alte Seekapitän erzählt fantastische Advents-geschichten voller Fantasie, bereichert durch weihnachtliche Gedichte. Zu lesen wie ein Advents-kalender.

Ein denkwürdiger Adventskalender

Das schönste am Fest war der Adventskalender. Jedes Jahr freute er sich auf diese verkleidete, geheimnisvolle süße Gabe. Draußen die bunten Bilder, die versteckten Türchen, Zahlen, die zwischen Engeln, Krippen und Weihnachtsmännern umherschwirrten. So war es jedes Jahr, aber dann stimmt irgendetwas nicht. Dies erzählt die Geschichte um einen ganz besonderen Adventskalender voller Überraschung.

Die Insel der Figuren

Ein kleines Mädchen in Japan bekommt zum Geburtstag von ihrem Vater eine Puppe geschenkt. Als das Mädchen älter ist, wird die Puppe in einem kleinen Boot auf die Wellen des Meeres gesetzt. Offensichtlich eine Tradition ins Erwachsenenalter.

Einige Zeit später reist ein anderes Mädchen ihrer verschwundenen Puppe hinterher, eine spannende abenteuerliche Reise mit einem ungewöhnlichen überraschenden Ende beginnt. (Fantasieroman)

Der kleine Mugu auf dem Noddelthron

Ein Jungen lebt in dem Land eines Königs. Eines Tages kommt ein Prahlhans in dieses Land. Er besitzt die Fähigkeit, die Gedanken anderer Menschen mit seinen wilden Haaren einzufangen. Der König wollte diese Fähigkeit erlernen und folgte dem Prahlhans. Ausgerechnet der kleine Junge Mugu gewann die Nachfolge des Königs und regierte das Land, in dem er viele Dinge auf den Kopf stellte. (Märchenroman)

Max abenteuerliche Reise zum Ich –
eine kurze weite Reise

Jugendroman, 112 Seiten, Max lebt in schwierigen sozialen Umständen, weder darüber, noch über den Grund wird in der Familie gesprochen. Langsam kommt Max selbst hinter das „Geheimnis" und lernt, sich trotzdem zur Familie zu bekennen. Auch als Schulbuch geeignet.

Manu's Reise mit dem Tod –
eine Fuge durch die Zeit

Roman, 256 Seiten, verschiedene Lebenslinien aus dem Leben einer Frau, fugenartig verwoben, Ereignisse des Todes in ihrem Leben und ein weiterer Handlungsstrang über verschiedene Rituale zur Zeit des Todes in verschiedenen Kulturen (auch in Englisch erhältlich „Manu´s Journey with Death").

GeGlichenes

Die folgende Sammlung in 4 Bänden enthält etwas über 60 Kurzgeschichten, jede Kurzgeschichte baut auf einer aus dem Neuen Testament stammenden Bibelstelle gleichnishaft auf und ist auf unsere Zeit übertragen. Zwischen den Geschichten findet sich jeweils ein Aphorismus oder ein Gedicht.

Tortellintauben - TierGdichte für Rwachsene

61 Tiergedichte als Spiegelbild menschlichen Verhaltens, wunderschön von Kinderhand illustriert.

Das Moooondschaaaaf
(monatlich durch das Jahr)

Für jeden Tag eines Monats ein Gedicht aus Sicht eines auf dem Mond lebenden Schafs, das humorvoll, kritisch, skeptisch und wiedererkennend unsere Erde beäugt; zwischen jedem Gedicht ein Aphorismus; mit passenden lustigen Bildern aus Kinderhand; auch als Geburtstagsgeschenk für den passenden Geburtstagsmonat geeignet.

Ostern- Gedichte zur Osterzeit

43 Gedichte mit christlichen Inhalten von Gründonnerstag bis zur Auferstehung Jesu, durchsetzt mit gedankenvollen Aphorismen.

Der erdenkliche Mensch - Das Du im Ich

55 Gedichte, dazwischen Aphorismen, die sich nachdenklich und kritisch mit liebgewonnenen menschlichen Verhalten auseinandersetzen.

Ein KESSEL Bunte GeDichte

Ein Kessel bunter Gedichte, unterbrochen von kurzen Aphorismen – eben wie in einem großen bunten Kessel, wenn es heißt: tüchtig rühren, Kelle rein, sich überraschen (pardon inspirieren) lassen, was auf den Teller kommt.

Hinter dunklen Himmelswolken
Gedichte in Zeiten der Trauer

74 Gedichte über Tod, Sterben, Hoffnung, Zuversicht, das Danach.

Aventsschilda
Die EULENde SPIEGEL-Weihnacht

Weihnachtsgeschichten mit und ohne Eulenspiegel in Schilda, bereichert durch weihnachtliche Gedichte. Zu lesen wie ein Adventskalender.